笭菁作品38
遊鬼簿
青墓原
笭菁
著

目錄
CONTENTS

異遊鬼簿：青墓原

楔子

來來回回走了幾趟客廳跟房間，我都嫌累了，人是不是年紀越大記憶力就越差，只是收拾行李出個門就漏東漏西。

『唉……』還有人在旁邊嘆氣，一臉妳失憶沒藥醫的樣子。

我不耐煩的停在餐廳邊，兩手一攤，瞪大了眼瞧著在餐桌上跳來跳去的風乾嬰屍。

『外套在門後第二個鉤子，機票在電視上，行李箱的小鑰匙放在床頭櫃第三格小抽屜裡。』木乃伊嬰屍用長長的指甲互刮，發出尖銳刺耳的聲音，『我的小木盒在沙發底下。』

「下次早點說！」我找東西找得要死，它早知道幹嘛不說！

『沒耐性的傢伙！』炎亭還在那兒嗤了聲，『米粒在樓下了。』

「你確定帶你出去不會有問題？」終於找到了，我跪在地上伸手摸索著木盒，好不容易才拿出來，那是專門放乾嬰屍的盒子。

它倏地跳到沙發邊，還抓著它的圍兜兜，繫在身上。

「綁圍兜兜幹嘛？」我狐疑的皺起眉，指了指木盒，「躺進去啊，我們快來不及了！」

餘音才落，電鈴就響了，我只得轉身先去應門，果然是米粒，我的愛人。他溫柔的對我笑，那張迷人的臉龐總是讓我嚴重心跳加速。

「都好了嗎？」他瞥了站在茶几上的炎亭一眼，「你怎麼還在外面？」

『你們要幫我買保險嗎？』

「有人會幫乾嬰屍保險的嗎？」我無奈的笑了笑，「快點躺進去，我要把你裝進行李箱了。」

『哼哼，當休息吧。』它輕巧的把腳放進木盒裡，蜷縮起身子，就像在羊水裡的嬰孩一樣，只是它是具已風乾的嬰屍。

木乃伊般的嬰孩屍體，青灰色的肌膚，每一根骨頭都在薄如蟬翼的皮膚下凹凸呈現；他來自泰國，所幸不用以血餵養，只需提供他足夠的巧克力玉米片加牛奶即可餵飽。

雖然我有點後悔，或許用血餵養比較省，玉米片的開銷佔了每月支出的一大半。

確定它躺好後，我細心的將木盒蓋起，木盒上有許多封印用的文字，全是泰文，或許是為了鎮壓乾嬰屍的邪性，不過以炎亭的本事，這些封印根本關不住它。

它是生前死後都在軀體內的嬰屍，嬰屍移不進別的靈魂，它的靈魂也移不出去，天生具有靈力，這種嬰屍得之不易，而我很幸運的在泰國遇上它，進而得到它。

我沒什麼慾望，對它無所求，若硬要說，我現在對它唯一的要求：只希望它吃飯要有規矩！別老撒了一桌！

確定木盒緊閉後，我放進行李箱裡，有點依依不捨的闔上蓋子，內心忐忑不安。

「萬一行李掉了怎麼辦？」我望著米粒。

「炎亭會自己回來找妳的。」他笑著。

「它怎麼找我們？」我開始遲疑，「把它放在隨身行李裡怎麼樣？」

「安！妳別擔心，它是乾嬰屍呢！」米粒將我挪開，為我將行李箱上鎖，「它說過一定要放在托運行李才能上機，就聽它的吧！」

唉，我嘆口氣。「它還怨我沒幫它保險。」

「是嗎？」米粒很意外的望著我，「它不知道行李遺失有理賠嗎？」

我忍不住輕笑，「它會生氣喔。」

米粒旋身，為我拉過行李，另一手拉起我的手，往門外去。

「該走了。」他話中有話。

嗯！我點了點頭，回首看向屋內。

雖然是租的，也伴了我五、六年的時光，如果有那個命，我就能再回到這個地方。

如果沒有……我認真凝視整間房子，接著緩緩的關上門。

如果沒有，那這就是訣別了。

初春的日本很美，像是座被櫻海覆蓋的粉紅色城市，我手裡緊緊握著髮釵，終於來到了這個櫻花國度。

我是安蔚甯，一個情感佚失的人類，明明是人，卻沒有該具備的情感；在更早之前，我沒有極端的情緒，喜怒哀樂及恐懼，都到不了極致。

所以我不懂什麼是狂喜，不瞭解什麼叫極悲，更不會為了任何事而怒不可遏，面對厲鬼與腐屍時，也沒有恐懼之心；這樣的我，似人類而非人類，總是不完整。

一次因緣際會，在公司舉辦員工旅遊，前往泰國時，被同事下降頭，並且遇到了乾嬰屍，我們逃出生天，乾嬰屍此後便跟在我身邊，起名炎亭；它告訴我，我亡佚的情感散落在世界各角落，若要尋回，就得到國外尋找。

所以我在港澳尋回了怒意，甚至還有緣去了一趟冥市……當然，沒事我是不想再去一趟，接著又在巴東海灘遇上南亞大海嘯的海底遊魂，藉此尋回了我的恐懼。

剩下的，就是我最期盼的「喜樂」。

我好想知道什麼是欣喜若狂的感覺，我想知道什麼是發自內心的喜悅，我想要開懷大笑，我想要成為一個正常的人類。

我想要真正感覺到被愛著的喜悅，被米粒愛著是如何的心悅？

而最終的謎底，就在日本。

半年前我開始作夢，夢裡我穿著和服，旁人喚我公主；在巴東海灘時，我沉入海底，撿到了一把光澤耀眼彷彿發光似的金梳，上頭印著日本獨特的家紋，經查證是武田家的家徽。

炎亭指著日本地圖，它知道我的過去在哪兒，一直都知道。

我的前世在日本，究竟發生了什麼樣的事情，會讓一個好好的人，願意拋棄情感，成為一個不完整的人類？

「哇……好漂亮喔。」前頭有人發狂似的大喊，「櫻花雨耶！」

彤大姐站在上野公園裡，櫻瓣如雨，隨風落在她的髮上。

我瞧著興奮莫名的她，不由得轉頭看向身邊那模特兒般高䠷與俊美的男人，米粒，讓我心跳失速，卻又惶惶不安的男人。

「為什麼彤大姐會來？」我萬分不解，「你有跟她說這趟旅遊……說不定回不去嗎？」

我們還託她買「單程機票」，表示我們已經作好了最壞的心理準備。

「有，我當然有說。」米粒皺了皺眉，「但是她覺得我在開玩笑。」

我凝重的望著在前頭轉圈的彤大姐，是啊，她怎麼會懂什麼叫「生死交關」呢？她是那種正義罩身，認為不招惹人別人就不會傷害她的人，全世界都說巴東海灘有靈騷現象，她就偏偏跑去靈異雜誌社，說要去探訪「真相」。

她正義感強烈，認定靈騷是假就是假，二話不說就到巴東海灘體驗，非得要真的遇到魍魎鬼魅，她才會瞪圓雙眼承認那是真的——然後，她會恪盡職責的拿起相機，妄想拍下真實的一切。

有時候我不免會想，彤大姐的「膽量」也亡佚了，說不定應該找一下。

「你們在悶悶不樂什麼？我們找棵櫻花樹在下面野餐吧！」彤大姐興高采烈的跑過來，「難得有機會賞櫻，何必沉著一張臉？」

「彤大姐！」我急忙拉住她，「妳待在東京就好了，山梨有米粒陪我。」

彤大姐微微一愣，似是訝異的望著我數秒，再往米粒看過去，接著悄悄抽了口氣。

「你們搞半天……其實是要去幽會嗎？」她露出很為難的神情，「早說是情人旅遊，我就不會執意要跟了！我以為妳是要來找亡佚的情感，所以才想兩肋插刀……」

「彤大姐彤大姐！」我急忙喊住她，「妳不是要找櫻花樹野餐嗎？」

天！我的臉一定都紅了。什麼叫做情人出遊、什麼又叫幽會？她是想到哪裡去了……

「幽會啊……好像也不錯。」米粒突然開了口，「妳覺得如何？」

我身子一僵，該死的，連耳根子都開始發燙了。

「我現在沒有那個心情……」深吸了一口氣，我別過頭，「我到日本後一直心緒不安。」

「怎樣的不安？」米粒忽然扣住我的上臂膀，輕柔的將我轉向他。「有我在身邊，妳不必感到害怕。」

他深邃的雙眸凝視著我，身為模特兒的米粒有著傲人的體魄以及迷人的外貌，就連站在異國的櫻樹下，路過的日本女人都會盯著他瞧。

可是他炙熱的雙眸，卻是放在我身上。

「我……」心裡的衝動瞬間化成言語而出，「我到日本後，突然覺得不能愛你。」

「咦？」米粒詫異的瞪大雙眼，彷彿受到打擊。

「對不起，我不知道為什麼……但是好像一種警告，叫我不能愛上你！」我也不知道怎麼搞的，但是真的有一股力量出言警告，他不能愛、絕對不能愛！

「我不明白……是哪個多嘴的？」他失笑出聲，「下次那個聲音再出現時，麻煩通知我一下。」

「嗯？」

「我想跟他P.K。」他揚起輕鬆的笑意，瞬間就化解了我的擔憂。

現在的我，應該總是雙頰緋紅吧？就像飄落的櫻瓣一般，透著淡淡的粉色，他不說我也明白，因為在這之前，愛上米粒讓我執迷不悔。

「這裡這裡！」遠處傳來彤大姐的叫聲，她拚命的揮舞雙手，一點兒也不在乎突兀的自己。

她已經把備好的塑膠布鋪在她精挑細選的櫻花樹下，連餐盒都已經拿出來了。

我們到日本的第二天，先抵東京，決定欣賞一下美景再展開尋找情感的路程，所以彤大姐萬事齊備。

『她可真會找地方啊……』我的背包被掀開一小角，想是炎亭悶得受不了了，探頭出來看。

是啊，連我都不由得停下腳步，彤大姐哪棵樹不選，為什麼選擇那一棵呢？

她身邊就站著一個割頸的女人，頸子有一道利刃劃開的傷口，幾乎切斷了三分之二的頸部，切口的肌肉組織外翻，血管、神經均交纏似的暴露在外；女人使勁的瞪著彤大姐，暴凸的眼珠彷彿就要落了下來。

而彤大姐身後還有個眉心中槍的男人，我可以透過它眉心的孔洞看到後方正在歡唱的日本民眾，它半身跟櫻樹結為一體，也冷冷的瞪著彤大姐看。

至於上方……我眼神稍稍往上看，有個狂笑中的老鬼自樹上倒吊而下，就落在彤大姐的頭頂正上方，蛆蟲不停的往她身上掉。

「看不見是幸福的。」米粒下了結論。

「可是我們都看得見。」我往一旁看去，「隔壁那株就很乾淨，你去說服彤大姐換棵樹吧。」

「為了食慾……的確。」米粒卻忍不住笑著，誰叫彤大姐一臉幸福的模樣。

『麻煩！那女人永遠搞不清楚狀況，還得解釋多累。』炎亭在背包裡出了聲，『你們兩個別忘了有我在。』

哎呀！是啊，有炎亭大人在，它的陰邪總勝過那堆幽魂厲鬼吧？思及此，我深深覺得養一隻嬰屍真是非常的便利。

我們一同走向彤大姐所在的櫻花樹下，尚未走近，那割頸女鬼、中槍男鬼以及枯瘦的老鬼彷彿都感受到炎亭的存在，嚇得魂飛魄散，瞬間安分的躲起，誰也不敢輕舉妄動。

老鬼躲到樹上蜷曲著，男鬼自動躲進樹裡，而那割頸鬼把自己藏在樹後，巴不得炎亭別看見。

「看！」彤大姐眉開眼笑的指著我們席地而坐的塑膠布，此刻已鋪滿了櫻花花瓣。的確很美，日俳「婆娑紅塵苦，櫻花自綻放」，大概就是這樣的意境吧。

我讓炎亭出來跟我們一起賞櫻，為它穿上連帽小雨衣，好遮去它的模樣，炎亭原本抵死不從，但為了能出來透氣，還是勉為其難的接受了。

只見它早先綁好了圍兜兜，米粒為它倒上鮮奶跟巧克力玉米片，它可比誰都興奮的捧著碗，坐在櫻雨下頭大快朵頤。

我喜歡這種寧靜的祥和，如果人生能夠在如畫的風景裡、在靜謐中作結，或許也不錯吧？不知道青木原樹海，是否也能給我這樣的感覺。

咬著蘋果，望向長長的櫻花道，放眼望去是飄落不止的櫻花，我眼神突然有點迷濛，總覺得好像看過這樣的景色……但我是坐著的，就在那櫻花道上，伸長了手盛接櫻瓣，隨便抓就是一大把……

路邊有人夾道歡迎，喊著……喊著……

「安。」我被人戳了一下，忽然驚醒，回首一看是彤大姐，「飲料。」

她遞過飲料，靠著滿是鬼魂的櫻花樹幹，享受般的泛出笑容，我望著彤大姐，由衷的希望她別跟我們到山梨去。

「別看我。」彤大姐突然闔著眼出聲，「再怎樣我都會跟到底的！」

「彤大姐！我們不是去玩的！」我也板起臉孔。

炎亭也問過我，是否非得要找回所有的情緒不可？

因為此去生死未卜，我的喜樂遺落在一個窮凶極惡的地方，就算找到了，也不一定有命回得來。

我意外的堅決，我寧願在死前嚐得一絲真正的喜悅，也不願終其一生不懂得狂喜的滋味而終老。

米粒微微按住我的手，他正在助我控制情緒。

「妳不是要找回快樂的情感嗎？」彤大姐一臉疑惑，「我都能跟著妳找到恐懼了，我不懂妳的顧慮。」

「因為這一次去的地方很危險。」米粒為我接了話，「炎亭說過，可能得賭上性命。」

彤大姐聞言，總算有種吃驚的神情，她不由自主的看向吃得亂七八糟的炎亭，它只是啡啡啡的笑著。

我抽過紙巾，低聲要炎亭以碗就口，不要每次都吃得亂七八糟，玉米片都掉出來了多浪費！

『我會撿起來吃掉。』它猙獰般的笑著說。

「髒，不准！」我先把落在地上的玉米片掃起，它露出一臉失望與憤怒。

彤大姐沒再說話，我認為話已攤明了說，所以跟米粒逕自討論起山梨縣的地圖，我們打算等會兒就啟程前往，先入住預訂好的民宿，明天一早就出發。

望著地圖上圈起的地方，一大片的綠色區域，所謂的樹海，所謂的自殺聖地。

我感受到有視線襲來，那早與櫻樹纏在一塊兒的男性鬼魂，正從樹裡窺探我，它緩緩地眨著雙眼，用一種熱切的眼神看著我。

然後，它再度從樹裡鑽出，努力的、掙扎的，妄想一寸寸的把身子從樹裡掙脫出來。

「不容易吧？」我喃喃說著，「都是地縛靈了，怎麼離開？」

『別理他。』炎亭狠狠的瞪向那男性鬼魂，沒想到，它卻突然不以為懼，只管專心的掙脫。

我是很不想理，但是我發現在櫻雨中突然冒出許多鬼魂，有眼珠的沒眼珠的，全都瞪著我這兒瞧。

「所以，是看著我還是看著妳？」連米粒都感受到了。

「你這萬人迷想人鬼通吃嗎？」

「我只想迷住一個人。」他衝著我，綻開會讓我心跳停止的笑容！

日本向來有櫻花自殺潮，有人一如彤大姐，覺得這景色美得醉人，應該要徜徉樹下，讓櫻瓣吹淋一身；但有人望著怒放的櫻花，卻想到如此美景轉眼即逝，人生也該在最美的時刻結束，所以便了斷自己的性命——在自以為最美的時刻。

因此，櫻花季後總有不少人往冥府報到，當人不乏在唯美的櫻雨中自盡的人；所以眼下這片櫻花林有自殺的地縛靈，倒也不怎麼令人驚奇。

驚奇的是，為什麼向著我來？它們正努力的往我這兒群聚而來，這可不是好事。

「我們該走了嗎？」我不安的望著蜂擁而至的鬼魂。

「收收吧。」米粒呈現不耐，難得的好興致都被打亂了。

說時遲那時快，那些鬼魂似乎被什麼阻止似的，忽地停下腳步，不一會兒便火速的躲回自己原本束縛的位置去！那速度之快，讓我見了都瞠目結舌。

定神一瞧，才發現不遠處的櫻樹下散發著溫暖的聖光，樹下有個老婆婆在那兒對我招手。

『哎呀，是樹靈！』炎亭忽然擱下湯匙，往我懷裡來，『好難得啊，它們可比玉米片可口多了。』

咦？可口？眼看著炎亭掙開我懷抱，直直就要往樹靈那兒躍去。

我伸手一逮，扯住它的雨衣帽子，甩進米粒懷裡。

「只許吃玉米片，其他東西一樣都不許吃！」敢情炎亭不嗜血，專吃精靈嗎？「你要是在這兒傷害任何一個樹靈，我終其一生就把你關在木盒裡！」

只見被扣住的炎亭齜牙咧嘴的意圖朝我衝來，他猙獰低吼著，彷彿我膽敢威脅它似的。

米粒從容的把手腕上的佛珠拿下，套上炎亭的頸子，頓時燙得它滿地打滾。

小孩子就是小孩子，要教才會聽話。

我擰眉，把它交託給米粒，便起身往那臉色有些蒼白的樹靈去。

樹下都沒人，就一個穿著素淨櫻色和服的老婆婆拄著拐杖站著，她掛著微笑瞧著我，還有點不安的往炎亭的方向看去。

「制住了，您放心吧。」我假裝站在樹邊，輕聲開口，以免外人以為我是個自言自語的瘋子。

『乾嬰屍啊……難得難得。』櫻樹樹靈說了與炎亭一樣的話，可惜它們似乎在同一個食物鏈裡。

「剛剛謝謝您了。」我指那些蜂擁而上的鬼。

『不必謝，我只是有話跟妳說，暫時阻止它們而已，等一會它們還是會跟上的。』櫻樹樹靈語出驚人，『不過它們不會傷害妳。』

好，我質疑。

「地縛靈不該能脫離此地，它們不能跟著我。」我皺起眉環顧四周那期期艾艾的眼神。

『是妳……是妳啊。』櫻樹樹靈慈藹的望著我，『上一次見面，是幾百年前了？』

我皺起眉，這棵櫻樹幾百年了？她見證過我的前世嗎？

「妳認識我？還是我的前世嗎？」我有點激動，因為這似乎省了趟路程，「您可以告訴我，我以前是……」

『這怎麼能說呢？妳不是要去找嗎？不是自己找到的就沒意義了，還缺一個情感啊……』櫻樹樹靈的手撫上我的臉，異常溫暖，『傻孩子，怎麼會把這感情捨去了呢？我還記得妳當初的笑容……』

我望著櫻樹樹靈，內心澎湃洶湧，說不出來的情感在翻騰，緊掐著雙手，才能抑住莫名其妙的淚水。

『此去不平安，那裡已經跟以前不一樣了，樹木也都不同了……』櫻樹樹靈拉過我的手，放了塊東西入掌心，『小心點……有機會的話，等妳是個人後再來看我。』

我張開手掌，一塊黃澄澄的琥珀躺在我手裡，才想抬頭問些什麼，眼前卻只剩風吹落的櫻瓣，櫻樹樹靈早已不見蹤影。

而周圍所有自殺的地縛靈，開始蠢蠢欲動。

我握緊手裡溫暖的琥珀，回到我們的樹下，炎亭頸子上的佛珠已被取下，佛珠在它頸項上燒出一圈紅，它忿忿不平的瞪著米粒，彷彿隨時要把他吞進肚子似的。

「炎亭！」我出聲警告，「犯錯就得承認，別耍脾氣。」

餘音未落，它自個兒迅速的鑽入我背包中，看來得鬧好一會兒才肯善罷干休。

我挨著米粒坐下，讓他看了眼琥珀，他微微一笑，這塊琥珀光是握在掌心就有暖流通過，是塊非常好的東西。

而四周的地縛靈全數掙脫了束縛，在不遠處觀望著。

「樹靈說它們不會近身，也不會傷害我。」我這是為了讓米粒放心。

我把琥珀放進隨身的大衣口袋裡，讓它能貼著我。

我跟米粒低聲訴說著剛才跟櫻樹樹靈交談的經過，彤大姐一個人像生悶氣似的在旁吃吃喝喝，眼神透露著我們把她排除在外的怨氣。

由於氣氛很糟糕，再美的景色也無心欣賞，所以我們決定收拾收拾，即刻回飯店，踏上前往山梨的旅程。

誰叫那櫻樹樹靈現身，說出了令人心痛的話語。她曾記得我的笑靨，原來過去我真的住在日本，真的走過這，還真的擁有過「喜悅」。

既然有古老的樹靈證實這一切，我便迫不及待的想知道我的前世，想找回所謂的燦爛笑靨。

一路上，我身後跟著的幽鬼隊伍越來越長，它們像是排隊一般的尾隨在後，與我相隔了大概十公尺的距離，亦步亦趨；更糟的是，途中還開始有新鬼陸續加入。

我總是忍不住回頭，不解這些鬼靈為什麼非得跟著我，而且還越來越多。

「會是金梳的關係嗎？妳剛在樹下拿出它？」米粒推敲。

「金梳我一直帶在身上，要跟也早跟了。」我回頭望著，吸了一口氣嘆道：「算了，要跟就讓它們跟吧！別礙事就好了，不然我們也趕不走！」

「有什麼嗎？」彤大姐忽地湊了過來，跟著我一起回頭望。

「嗯……沒事。」反正她也看不見，還是別說明得好。

「你們等一會兒回去後，就立即動身嗎？」彤大姐問著，眼看旅館就在前方。

我們點了點頭，快的話，傍晚就能抵達山梨。

彤大姐微微一笑，「我也要去。」

「彤大姐！」我詫異的低喊出聲。

「我仔細想過了，反正最糟也頂多是死在一塊，要我把你們扔下，自己一個人置身事外，辦不到！」彤大姐還肩一聳，兩手一攤。

「這件事……原本就跟妳沒有切身關係。」米粒從中分析，「安要去尋找自己的前世，妳真的不必涉入。」

「跟你也沒關係，你還不是要陪她？」彤大姐說得杏眼圓睜，「大家都是朋友，我陪著安一起找到悲傷跟恐懼，我說什麼都要奉陪到底。」

這一反詰卻讓米粒啞口無言，是啊，也不關他的事，他卻願意為了我往死裡去。

我緊握住他的手，對於他、對於彤大姐，有說不出的感動與愧疚。

『就一起去吧。』背包裡傳來悶悶的聲音，『吵那麼久幹嘛。』

連一向對彤大姐有意見的炎亭都出聲了。讓我覺得意外，它向來不喜歡讓旁人插手，尤其是「搞不清楚狀況」的人，這次卻允了彤大姐。

「那就一起去吧。」我幽然一笑，還能怎麼辦？

如果今生最後是死在異鄉，我也泰然，因為我身邊有讓我心動的人，有義氣相挺的友人，還有炎亭，也該知足了。

第二章・魂の叫び

抵達山梨時，是傍晚五點多左右，此時天色已昏暗，民宿老闆還很親切的到火車站來接我們，略懂日文的米粒跟他交談，這一趟全靠他了。

民宿位於清幽之境，空氣相當新鮮，附近也寧靜純樸，只不過進入屋內，倒不是那麼一回事了。

「台灣來的？」我們還在玄關，突然衝出一個大學生模樣的男孩，「好巧喔！」聽到熟悉的語言跟腔調，我們都有些訝異。

「真的假的？」他身後一陣喧鬧，跟著衝出一群人，「哇！世界超小，到處都有台灣人啦！」

我們愣愣的望著他們，真的是一群非常……活潑開朗的學生。

民宿老闆是個六十多歲的老人家，笑吟吟的跟米粒解釋，他們這間民宿也沒多大，這麼剛好這幾天客滿，巧的是還都同一個國度的人。

其實老闆們忒謙了，我們都是在背包客的網站上搜尋，才得知這兒有家民宿既親切又舒適，好評滿滿，因此才決定挑這家，想必那群學生也是這麼想。

「我們一起吃火鍋吧，大家一起吃最有味道了。」一開始跑出的男生熱情邀約，往裡頭吆喝，「喂！你們快點喬位子給人家坐啦！三個人！都是帥哥美女喔！」

「哈哈！好說好說！」聽見人家說美女，彤大姐就心花怒放了。可不是嘛，彤大姐之豔麗，米粒之美形，佔了二分之一強，我就勉強可以算進美女之列了。

我們準備先把行李拿上二樓房間，一個瘦削的女生站在紙門邊，狐疑的看著我……以及我的後方。

她緊緊皺著眉，流露出恐懼，小小指頭輕點，像是在數著人數，她恐怕對我身後那批「鬼行軍部隊」瞧得一清二楚；它們也真夠辛苦了，翻山越嶺不說，全擠在車裡及車頂，要不是它們沒重量，我還真怕車子被壓垮。

「別數了。」我出聲勸說，「數不完的，它們待在屋子外面，不會進來。」

小女生臉色瞬間發青，扭頭就往裡跑。唉！看來這兒也有「明眼人」，她不看開點會很辛苦。

我們將行李拿上二樓，我跟彤大姐同一間，米粒獨自一人睡在隔壁，窗外就是一望無際的樹林。

所謂樹海，係指樹木繁多到如同一片大海般，要像我在巴東看到的壯闊，要像那片海的深沉。

我遠望過去，一輪明月懸在深藍的夜空中。星空下，那是無邊際的黑，一種蓊鬱，一種深沉，密不透光的樹木在微風中輕輕搖擺，就像是波浪。

它跟大海是不一樣的，大海裡有白色的浪、有淺藍與深藍的交錯，但是映入我眼簾的卻是一大片極為沉重的黝，我只能聽見風掠樹梢，卻瞧不見絲毫的波動，它們就佇立在那兒。

那是種可怕的壓迫感，只是看著，就像已然壓到我胸口，令人喘不過氣。

「哇……」彤大姐挨到了窗邊，「左邊那一大片黑就是樹海嗎？」

「嗯。」我離開窗邊，再看下去，我怕連呼吸都會困難。

我將行李箱擺到角落，先把盥洗用具拿出來，再讓炎亭從背包裡出來，嚴正告誡一番；它今天下午的表現實在太差，再這樣下去，我真的會將它封印在木盒裡，埋進樹海。

炎亭虛應一聲，我知道它不高興，但既然跟了我，就得從我的規矩；不過罵歸罵，等我一說到等會帶甜點回來給它吃，它便立刻轉怒為喜。

唉，孩子。

我回過頭，卻發現彤大姐依然站在窗邊，文風不動。

「彤大姐，下去吃飯吧。」我喚著。

彤大姐兩眼發直的瞪著樹海的方向，我才發現她眼皮眨也不眨。

「彤大姐？」我小心翼翼的站起，因為那模樣的實在詭異，她究竟看見什麼了？還是被什麼瞧見了。

就在我要接近的那一剎那，彤大姐倏地回首，雙眼近乎空洞的凝視著我。

我不得不止住步伐，維持與她之間的距離，我們就這樣兩相對望，空氣瞬間停止流動。

「妳……」她伸出手，朝我臉龐來。

我不認得那個眼神，那眸子裡的靈魂不是我認識的葛宇彤。

才下意識的想要後退閃避，我就聽見隔壁關上紙門的聲音，幾乎僅有一秒接續，米粒的身影就已經映在紙門上了。

「好了嗎？」

「好了。」我飛快的回答，惶惶的以眼尾瞟向彤大姐。

她有一瞬間的呆滯，然後眨了眨眼，黑色瞳仁恢復清明般的看看我，再看著地板上的炎亭。

紙門被拉開一條小縫，米粒探頭。「怎麼了？好安靜。」

「不知道。」回話的竟然是彤大姐，「我好像在發呆耶……哎！肚子好餓，先下去吃飯好了。」

她掠過我身邊，是一如往昔的彤大姐。

我對著炎亭暗暗指向她表示疑問，炎亭卻還在賭氣似的別過頭，不願意回答我。

拉倒。我瞪圓了眼攤手，少在我面前拿喬。

「有事？」守在門口的米粒狐疑的問著。

「彤大姐剛怪怪的，被附身嗎？我也不大確定。」

米粒眼神立刻追向前方的彤大姐，他很認真的想看出什麼，但是似乎是徒勞無功；我們兩個只得先行下樓，來到這裡後，很多事都不對勁。

像是種微妙的平衡，人與鬼。

到了樓下大和室就熱鬧多了，一群大學生活力四射，吵得整間屋頂都快掀了，民宿夫妻還是笑吟吟的繼續招呼大家，加菜加肉的，我們三個挨著桌邊坐下，他們就開始好奇的「身家調查」。

哪兒來的？三個人是什麼關係，問得鉅細靡遺，這全由米粒去擋，他見多識廣又懂得應對，對付學生綽綽有餘。

「那你們呢？」彤大姐也很熱絡，「不必上學啊？怎麼跑來日本？」

「哈！我們大四了，趁剛開學跑來玩的。」說話的男人自稱班代，正是這群學生的頭兒，「才第一週，沒關係啦。」

「這裡的研究比較重要啦，我們打算用一個星期的時間來探索一下大自然。」戴著眼鏡的男生叫阿木，看起來就很聰明的樣子。

「大自然？」彤大姐覺得很有趣，「這裡的確很多大自然，光那片樹海就夠大了。」

「對呀，我們就是為了樹海來的。」長髮披肩的甜姐兒雙眼一亮，「妳也知道樹海的事嗎？」

彤大姐一怔，轉頭看向我：「什麼事？」

「虧妳還是真相調查社的主編吶，葛小姐。」我喃喃唸著，那可是靈異雜誌，虧彤大姐還有臉問這種問題。

「前主編。」她離職了。

「所以你們不是為了樹海來的嗎？」一個叫火車的男生滿臉失望，「我們還以為找到同道中人呢。」

「為了樹海？」這倒令我好奇了，我是為了尋回情緒，他們呢？看起來沒那個必要吧？

「是啊，這片樹海超多傳說的。」我發現他們每個人提到樹海，雙眼都燦燦發光。

我們當然也調查過。

青木原樹海，是日本最有名的自殺聖地，因為一旦走進去，你就再也出不來了。

那是個沒有手機訊號，指南針也無效的地方，整片樹林如海般壯闊，每棵樹長得都一樣，沒有道路指引，沒有路標指示牌，更沒有什麼特殊的景點做為記號，視覺沒有依憑點，無從辨識方向。

你不會知道自己身在何方，不會知道是往裡走還是往外走，有時說不定距離外面只差幾公尺之遙，轉了個彎，你就往死裡去了。

那比在沙漠迷途還淒慘，因為沙漠至少沒有遮蔽物，如果以直升機搜尋還有得找，要求救還能發出照明彈，但是樹海……沒有人看得見你。

而這群大學生，目的竟然是為了挑戰樹海的傳說。

「我們道具都帶齊了，也會沿路做記號，預計是六個小時的健行路程。」班代說得興致勃勃，「大家要一起進去，一起出來，還要全程錄影拍紀錄片。」

「你們不怕真的迷路啊？」彤大姐挑了挑眉。

「聽他在蓋！」長髮的卿卿笑了起來，「我們有導遊啦，民宿老闆介紹的，打小就在樹海裡玩的當地人。」

我忽然注意到身邊的沉默，米粒的確從剛剛開始就不發一語，他正努力吃著火鍋，但神情相當緊繃。

「你們要一起去嗎？」阿木提出邀請，「導遊的錢可以平分。」

「嗯，或許我們需要……」我推推米粒，「你說呢？要一起嗎？」

「觀光導覽可以，挑戰傳說就免了。」他沉著臉色，不客氣的對著班代開口，「既然明知道樹海的危險，何必帶著同學去冒險。」

我承認原本輕鬆的氣氛在米粒的嚴肅下瞬間凍結，即使聽不懂國語，民宿夫妻也知道情況不對，緩下了手邊的動作；整張餐桌上，只剩下中間的火鍋咕嚕嚕的冒著泡。

「拜託！什麼傳說，那只是穿鑿附會而已。為了給當地裹上神秘色彩。」阿木義正辭嚴的反駁，「也或許是自殺生還者的胡言亂語，他們自殺前不是嗑藥就是灌酒，根本神智不清，看到的都是幻覺。」

「而且我們不是笨到去冒險，我們有齊全的裝備，也會沿路做記號的。」卿卿直接翻了白眼，「少拿大人的樣子教訓我們行不行？我們又不是國中生。」

「很像啊，既幼稚又愚蠢。」米粒扔下筷子，怒氣沖沖，「希望你們真的能全身而退。」

餘音未落，他就起身走了。

我跟彤大姐不免面面相覷，米粒今晚是怎麼了？火氣這麼大？平常時候他根本不管這種雞毛蒜皮的事，那群學生想怎麼做就怎麼做，不關我們的事啊。

「我去看看。」我放下筷子，跟大家點了個頭，便追了上去。

路過門口時，我發現跟來的地縛靈，有的已經擠進玄關來，其他則緊貼著屋子外圍；這讓我非常不高興，我用力指向外面，要它們滾離這間屋子。

「它們在害怕。」

女孩子的聲音在後頭補充，我轉身，是一直非常安靜的那個女生，我記得她叫……甄甄。

「怕什麼？」我盯著她瞧，彷彿在確認她是人是鬼。

「樹海，它們也畏懼那神聖的力量。」

「神聖？」我挑了挑眉笑，這女孩認為它是神聖的，「所以你們明天要去挑戰神聖嗎？」

甄甄囁嚅的點了點頭，眼神裡盈滿不安，但還是轉回和室裡去。

畏懼樹海嗎？那是片怎麼樣的地方？連這群幽鬼都會恐懼成這樣，那身為人類的我們呢？

我深吸了一口氣，想到班代他們的挑戰，似乎有點自不量力。

我進入米粒房間時，他坐在窗邊的榻榻米上，背靠著牆，月光撒落了他一身，讓我有些看傻了眼。

俊俏的側臉跟憂鬱的氣質，這樣的男人為什麼會喜歡我？

「我好像失態了。」

不等我開口，他自個先說了。

「很難得看你這麼生氣。」我輕笑著，「有時候我都認為，真的情感闕如的人其實是你呢。」

「我只是不喜歡主動去管別人的閒事，但是那群學生……太莽撞了。」他幽幽向外看去，「明知山有虎，偏向虎山行。」

「年輕人，血氣方剛嘛，總覺得挑戰是件有趣的事。」我挨著他坐下，「就讓他

子。

「如果因此丟了性命呢？」他轉回頭看向我，背著月光的他卻有雙熠熠有光的眸子。

我接不上話，因為米粒的距離突然離我很近。

「我經歷過那樣的痛。」他垂下眼眸，凝視著我的唇，「血氣方剛的年紀，親眼看著我同學為此而身亡……」

他湊近了我，而我不躲不逃不藏。

來到樹海，每個人都起了變化……

一陣淒厲的尖叫聲猛地劃破天際，那聲音如刀如刃，直直刺進我的心坎裡，米粒一躍而起的衝向窗邊，只看見滿天飛舞的鳥兒，如受到驚嚇般的直往月娘去。

那樹海沙沙，幾秒鐘後又恢復寧靜。

「你聽見了吧？」我的心差點躍出胸口，好可怕的尖叫聲。

「很難不聽見，發生了什麼事嗎？」他蹙起眉心，瞥了我一眼。

門口突然站了個小小的身影，炎亭衝著我嘛嘴，伸出乾癟的手：『點心呢？』

噢！我要它去房裡等，保證立刻就拿來。

「對了，你剛有聽見嗎？」我回身問正一蹦一跳回房間的它。

『有啊，只是一個靈魂又被吞噬的聲音罷了。』炎亭聳了聳肩，『到了明天，說不定是妳，說不定是我，也會發出那樣的慘叫聲吶。』

我兩眼發直的望著它，搞不清楚它是在「預告」，還是在嚇唬我。

靈魂被吞噬前的慘叫嗎？我沒聽過，那聽起來真是痛徹心扉，這也就是為什麼樓下那群地縛靈會爭相躲進屋裡的緣故嗎？

我下樓，看到一群在發抖的鬼，真是奇景。

和室裡已經重返歡樂，彤大姐跟大學生們在拚酒的聲音相當熱烈，我只是很好奇，沒有人對剛剛那尖叫聲感到疑惑嗎？

我回到餐桌為米粒說了些好話，他身子不舒服等等的藉口，學生們明顯得露出不耐，看來他們跟米粒之間的心結是結下了。

「剛剛大家有聽見什麼嗎？」我喝了口湯，趁勢問了。

「什麼？」所有人疑惑的看著我。

我早該知道，有些聲音是只讓我聽見的。

越過氤氳熱氣，我看向永遠安靜的甄甄，她不安的抬首看著我，發白的嘴唇已經告訴我答案了。

在樹海裡，原來靈魂是會被吞噬的。

※　※　※

隔天一大早，我們揹上了足夠分量的糧食與水，穿足了禦寒的衣物，米粒也分給我們許多護身符及唸珠，他說這是特別請來的東西，不論國度，應該都有辟邪的作用。

炎亭今天起床後心情就很好，大概是昨晚吃了不少和菓子的關係。

「彤大姐，最後決定……」我還是希望她留下來。

「決定什麼？要出發了嗎？我好了。」彤大姐背包一揹，整裝待發。

我只有微笑，張開雙臂上前緊緊抱住她，有朋友如此，夫復何求？

彤大姐先是錯愕了數秒，旋即回擁了我，力道之大，壓得我差點無法換氣。「有我在，誰都休想欺負妳。」

「我們談的可是未知的靈體喔。」我輕拍她的肩，說什麼呢。

「都一樣。」她自負的說著。

站在窗邊的她，陽光撒落一身，如同她這個人的靈光般，總是耀眼而強烈，她的正氣的確可以免於小鬼侵襲，但樹海裡有些什麼，就很難斷定了。

透過陽光，我突然注意到她左臉頰上，有一絲很淡的傷痕。

「這個……我以為沒有留下傷疤。」我嚇了一跳，仔細的端詳著。

前年我還跟彤大姐在同一間雜誌社時，在員工旅遊遇上了下降頭與邪惡的四面佛，逃難中，彤大姐跟已化成灰的同事曾發生扭打，那時一刀從左臉頰劃下，五公分長的傷口留在她豔麗的臉龐上。

但是因為米粒在出事前曾對神聖的四面佛祈願，希望我們毫髮無傷，因此彤大姐臉上並沒有留下任何醜惡的疤痕。

「算沒有吧，要透著強光才看得見，白色一條，很淺很細的。」彤大姐撫著那道疤，「而且我今天沒有遮瑕，所以看得比較清楚。」

「妳還是很美。」我由衷說著。

「那還用妳說？」她挑起一抹笑。

門口站著不知卡在那兒多久的米粒，「好，兩位美女，可以下樓了嗎？地陪已經到了。」

我們帶著笑意離開，能不能再回來這兒是個未知數，說不定正如炎亭所說，今夜在樹海中慘叫的人便是自己。

可是我很欣慰身邊有米粒、有炎亭，還有彤大姐，更感念我們還能帶著笑離開。如果也能帶著笑死去，那就更完美了。

到了樓下，班代他們早就在那了，熱絡的跟我們打招呼，面對米粒倒是有點平淡，只是米粒也沒給好臉色，幾乎正眼都不瞧他們一眼。

「嗨嗨！」一個穿著藍色格子襯衫的男人出現，他戴著金絲框眼鏡，蓄著灰白的山羊鬍，掃了我們所有人一眼，「我是渡邊，大家叫我渡邊桑就可以了。」

他說著非常不流利的英文，事實上沒幾個人聽得懂。阿木跟甄甄都熟諳日文，我們這邊好歹還有米粒，所以後來就請渡邊先生直接用日文了。

民宿夫妻送我們離開時，還千交代萬交代，一定要跟緊渡邊先生，千萬不能擅自離隊。

他們這麼說時，我發現班代跟阿木交換了眼神。

我們在寒冷的朝陽下往樹海的方向走去，其實樹海離我們非常的近，但是越靠近……我的心就越緊窒。

「大家一定要跟緊我，裡面有一條路，我們順著路走就可以了。」渡邊先生宣布著，「千萬不能離開大路，一旦離開就會分不清楚方向喔。」

翻譯一個個傳下，我們都聽見了。我下意識回首望去，那一中隊的地縛靈，還是跟在我身後。

高聳入雲的樹木開始遮去光線，我們眼前出現了像森林浴般的場景，附近有許多戴著帽子與拄枴杖的人剛從樹海裡走出來，他們都踩著開闢的樹海步道。

「這裡是日本的自殺聖地，唉，好好的森林被搞成這樣。」渡邊先生嘆了口氣，「每年秋天呢，我們警察局就會有一次清運屍體的活動，把在樹海裡自殺的遺體搬出來。」

火車舉手，「那警察不會迷路嗎？」

「每個警察腰上都繫了一條粗粗的繩子，人與人繫在一起，起點還繫在外頭的車子上，一路上都有人看守，誰也不能脫隊，腰上繩子得繫緊。」渡邊先生邊說邊比畫，逼真得很，「我們也只能找比較外圍的屍體，要是真能走到裡頭的，那也難找了。」

我們終於來到入口，光是樹海的入口，就夠令人膽戰心驚。

那兒有塊木頭的三角牌坊，建造成小屋的模樣，立了個牌子寫著，「請勿自殺。」正是所謂的自殺防治箱。

最驚人的，應該還是纏繞在那箱子上的死靈。

重重疊疊，死靈已經多到相互繾綣，它們擁有各自獨特的死狀，而共同特色都是擁有比碗口大的雙眼，比身子還要長的枯瘦手臂，它們拚命的巴著小木箱，伸手抓著裡頭的紙條。

下巴因為低吼而拉長，及至胸前，渾濁的嗓音咕嚕咕噥的發出似絮語似咳嗽的聲響，努力的掙扎著，每隻手都嘗試著要拿取那裡頭的紙張，想要發出求救的訊息。

他們再拚命，也抓不到人界的物品。

都已經往生了，卻被自己束縛，想要向他人求救嗎？

我很難不為它們掬一把同情之淚，無從得知它們盤繞在這兒多久了，緊扣小木箱的靈體揪成一塊，為的只是不想被拋下。

殊不知，自己已然拋棄了自己，現在來求救早已枉然。

米粒輕輕摟了我一下，我知道他也看見了那死後的求生意志，既矛盾且悲傷，卻也無能為力。

渡邊先生在前頭賣力的解釋著，我們往前走去，背包裡的炎亭似乎還在沉睡般，一動也不動。

眼前就是重重疊疊的樹林，一條米白色的水泥道路在我面前延展開來，彤大姐拿著相機很愉悅的跟著學生們拍攝，我與米粒相互看了一眼，緊握住彼此的手，一腳跨了出去。

三月十一日，上午八點三十分，我跨進了樹海。終於。

第三章・迷い森

一踏進樹海，我們就被它獨特的磁場包圍，那是種不言而喻的強大感受，不管多遲鈍的人都能感受到它強烈的磁場。

像彤大姐覺得心曠神怡，卿卿讚嘆它的壯闊，而我則是被席捲而來的恐懼感侵襲——我怕這個地方，巴不得立刻逃離。

我得抑制好不容易重回身上的恐懼感，去觀賞這龐大的樹海。

這真的很驚人，比那波瀾萬丈的海浪還要令人讚嘆，陽光悠閒的撒在步道上，將步道曬成金黃色的地毯，有不少人來來往往，也不乏像我們這種觀光客；舉目遠望，全都是樹木林立，密密麻麻的，樹幹映著燦燦陽光，完全沒有終點，看得眼花撩亂，如果真的走進沒有道路的密集林木群中，必然會失去方向感。

樹海裡就只有土壤與樹木，其他什麼標的物都沒有，現在我們在步道上走著還能有方向感，看得見路標，一旦離開，我簡直不敢想像。

「這裡曾經不是毫無方向感的樹海，以前的山梨又稱甲斐，有村落，有人煙，大家往來耕作。」渡邊先生開始導覽，「而且戰國時代的武田信玄大名，就是山梨縣人。」

「哦——」學生們連連點頭。

渡邊先生又開始簡述山梨的歷史，由於位在富士山邊，因此有特別的「火之祭典」，堪稱日本三大奇祭典之一。

每年的八月二十六日神轎從淺間神社出發，到達可放置神轎的場所。居民家門前都豎立起直徑八十公分，高三公分的火把，綿延兩公里長，讓夏日的夜空瞬成白晝，是吉田祭典最精華的部分，連從富士山的五合目到八合目的小木屋也燃起火把。

「好特別喔，用火啊？」火車嘖嘖稱奇，「一年就一次大祭典嗎？」

「不……」我下意識的衝口而出，「還有春天的御幸祭。」

「咦？」甄甄很詫異的望向我，渡邊先生連連點頭，開始跟大家描述什麼是「御幸祭」。

我閉上眼，就可以看到那畫面。

那是桃花盛開的時節，抬神轎的隊伍從甲斐一宮淺間神社到龍王町的三神社，祭典裡有著武田信玄的洗溫泉浴隊伍，燃燒著不要的柺杖，火總是跟山梨息息相關。

「妳什麼時候會講日文的？」彤大姐突然推了推我。

「嗯？什麼！」我回過神，有點心不在焉。

「日語啊，妳剛講得超溜的。」彤大姐往米粒看過去，「對吧？她剛說的是日文吧？」

我不解的望向米粒，他只是往渡邊先生看過去，「渡邊先生現在在說什麼？」

說什麼？我仔細聆聽。

「他在說火山守護神的故事，木花開耶姬。」我如實覆誦，然後心頭一涼——我真的聽得懂。

詭異的沉默在我們之間蔓延開，大家都知道出現異象，就不是好事情。

「木花開耶姬……好特別的名字。」班代很像喜歡這名字似的，「是山梨的守護神嗎？」

「是，從戰國時代開始，連武田都信奉她。」渡邊先生頓了一頓，「事實上，木花開耶姬還曾經降臨人世，守護山梨縣。」

「真的假的？」聽見神話，他們都亮了雙眼。

「是啊，樹海裡還有個碑呢。」渡邊先生往遠處望去，「可惜它不在樹海步道上頭，關於耶姬公主的故事……」

我心頭一震，那四個字讓我幾乎要暈厥過去，幸好米粒即時攙住我的身子，才不至於倒去。

「安？」他低聲問著。

「我要去……看那個木花開耶姬的碑。」我虛弱的回應，那名字彷彿帶著利爪，正撕裂我心扉。

「還好吧？安姐？」阿木走了過來，我臉色大概太蒼白了。「妳身體不舒服嗎？」我搖搖頭，不想回應。

「好啦，帶我們去看看古蹟嘛。」卿卿開始撒起嬌來了，「甄甄，快跟他說。」甄甄不安的看向四周，她能感受到這樹海裡龐大的壓力，「我……我覺得不太妥當。」

「哎喲，古蹟耶，別人沒看過的東西……妳真沒用。」卿卿跑過來拉走阿木，「請他帶我們去啦。」

「對吧，看一下下就好。」

一群人你一言我一語，渡邊先生終於勉為其難的說要帶我們去了。

只是一路上千交代萬交代，不能脫隊，一定要按照順序走，彤大姐開口問他確不確定知道路怎麼走，他也是保證打小在這兒長大，一些特別的地方保證不會迷路。

所以我們離開了步道，雙腳踏入泥土，正式穿梭在林木之間。

越走越遠，樹海篩著陽光，異常的寧靜與美麗，只是當我們回神時，發現樹海步道已經消失，我們四周盡是樹木，真的完全沒有方向感。

若非渡邊先生的腳步穩健，只怕我們真的已經迷亂了方位。

終於，不遠處有個石碑似的東西，走近一瞧是個斑駁剝落的圓柱，石上裂縫遍布，青苔從裡冒出來似的，纏著石柱。

「這就是木花開耶姬的碑。」

「咦？是墓碑嗎？」卿卿微微退了一步。

「不是，傳說這是武田信玄親自立下的石碑，為了紀念一個很重要的人，保護她的靈魂不受侵害。」渡邊先生的雙手擊拍兩掌，合十膜拜，再緩緩道著歷史，「當年有人預言武田的長女是木花開耶姬的轉世，會使山梨富庶安康，因此主公起名為武田耶姬，也就是當時的神女轉世。公主出生後，山梨真的變得富庶，信玄公也戰無不勝……」

風開始變冷，從遙遠之處傳來隱約的低泣聲，重疊的哭聲。

「所以這個碑是武田當年親手立的嗎？」卿卿拿著相機拍照，難道沒人注意到陽光忽然消失了，天色漸漸轉陰？

「上頭……有刻字。」甄甄蹲下身子，為石碑清理著不知哪兒攀上的藤蔓，指尖順著凹槽移動，然後她跟著上頭的文字，喃喃唸出聲。

「上面寫什麼啊？」班代蹲下身子，拍了張特寫。

「這輩子欠妳的，下輩子一定會還……」甄甄皺著眉，顯然不瞭解這是什麼意思。

唰——林內忽然大風颳起，吹亂了落葉，葉子打上我們的身子，大家對這突如其來的風感到驚愕，頓時亂了方寸。

這風冰冷刺骨，而且哭泣聲越來越明顯了。

『呀——』淒厲的尖叫聲，忽而又從樹海深處竄了出來。

「那是什麼！」卿卿驚叫出聲，摀著耳朵跟一頭亂髮，「剛剛那是什麼！」

慘叫聲的回音隨著風吹到我們身邊，我感受到龐大的壓力逼近，我身後的地縛靈瑟縮發抖的拚命往樹上竄，我知道有什麼要過來了，它們正從樹海的四面八方向我們湧過來。

「回去！」米粒大聲喊著，「現在就回去步道！渡邊先生！」

「好！」渡邊先生緊張的站到前頭，吆喝大家跟著他走。

倏地天空閃過一絲刺眼的銀光，跟著劈下了一道雷！狂風未曾稍歇，我們幾乎睜不開眼，隆隆雷聲讓在場所有人層疊驚叫，跟著大雨滂沱而下。

我仰首望天，上午十點，天空竟一片深灰，不見一絲陽光。

「哇呀！」尖叫聲依然此起彼落，有帶雨衣的拿出雨衣，有帶傘的撐傘，彤大姐明明有把傘插在背包上卻不拿，而我跟米粒沒帶雨具，幸好大家身上有連帽的防風防水外套。

我開始發抖，因為這急速下降的溫度，以及凍骨的氣溫。

然後……啪噠，有人在我們四周踩上了水窪。

我的神經彷彿斷了般的顫動，雙目圓睜的豎耳傾聽，又聽見一聲啪噠。

有別於正前方一陣慌亂，我扣住米粒的手臂，緊接著感受到他肌肉一緊，他也聽見了。

米粒先回首，我也跟著轉過去。

那是一個女人，她全身被淋得濕透，身穿淺綠色上衣及白色的過膝裙，雨下得太大了，她的髮遮去臉龐，全身都被澆得濕透。

距離我們五公尺遠，停住。

「咦？有人！」卿卿雖然打著傘，但長髮還是被大雨打濕，沾得滿臉，她也看到那女人了。

「不！不——」勾著她的甄甄開始慌亂，「姐！不要看她！不要！」

姐？原來是姐妹，兩個人的外表與個性簡直是南轅北轍，不過這倒證實了膽小又敏感的甄甄之所以願意來，大概是為了要保護姐姐吧？

「怎麼了？」班代他們好不容易搞定，也回了神。「咦！小姐？誰，誰有多的雨衣？」

阿木跟火車忙翻找著背包，而那女人又往前走了一步。

她極為緩慢的抬起雙手，掌心向著我們，像是要抓住什麼東西一樣，她的動作讓大家安靜下來，因為姿勢有點詭異。

「咦……咦！」雨實在太大了，若不是卿卿先把手電筒照向她，也不會注意到她的手是反轉的。

兩邊的肩胛骨都轉了一百八十度，像是可拆式的芭比娃娃，將她的手拔下，再上下顛倒的倒裝回去。

『我不想死啊……』她動作遲緩的走向我們，『求求你們，救救我！』

她把頭抬了起來，不過只有兩秒，因為雨勢太大跟頭髮太重的緣故，整顆頭顱順著背部往後滾落。

所以這逼得她停住腳步，回身開始找頭。

歇斯底里的驚叫聲來自於卿卿，然後是男生的狂吼聲，接著就是樹海裡最不該發生的事情——慌亂。

忘記是誰先跑的，隊伍瞬間潰散，渡邊先生大喊千萬別跑，但還是追在他們身後，跑進了樹海深處。

我們三個動彈不得，看著那可憐的女人跪在地上，搜尋她的頭顱。

『求求你們別扔下我啊，我要離開，我不想死了。』她悲傷的哭喊著，捧起自己的頭，跪在那兒組裝上頸子，『我走不出去啊，我想找自殺防治箱，但是我找不到！』

彤大姐把手電筒定在她身上，方可看見她頸子已經被野獸撕裂，且腐爛的相當嚴重，根本就組不回頭上。

「那邊。」彤大姐忽地站前一步，伸直左手，往東方指。

死靈怔怔的望著她，然後扶著搖搖欲墜的頭，往彤大姐指的方向看。

「自殺防治箱在那邊。」彤大姐使用的也是流利無比的日文。「快去啊。」

只見那死靈眼眶裡滾出泥作的淚水，對著彤大姐深深一鞠躬，然後消失了蹤影；

彤大姐雙手插在口袋裡，縮起頸子，回頭瞥了我跟米粒。

「我沒亂比喔，我記得我們來的方向，途中有個自殺防治箱。」她說得義正辭嚴，「真慘，為了找個箱子那麼狼狽，很可憐耶。」

我實在說不出話來，這是什麼情況啊？

「妳什麼時候會的日文？」米粒覺得自己才冤，「天哪，我從昨天翻譯到今天，妳們兩個應該要早點說！」

「我什麼時候會說日文——」彤大姐瞠目結舌的指著自己，「我剛說日文嗎？對耶，我聽得懂她說什麼。」

我打了個哆嗦，雨再這樣下下去，我會冷死。

「進樹海的人就會講日文？」彤大姐回身往我們走來，「早知道我日文檢定考就在這裡考了。」

話絕對不是這樣說的……彤大姐！

地面開始泛起霧，只剩我們三個還留在原地，有別於已經逃到不知何處的那群學生，我們明確的知道怎麼回步道。

但是，我們偏偏是最不需要回去的人。

我們三人對望一眼後，什麼也沒說，跟著往樹海深處走去。

※ ※ ※

大雨在半個小時後停止，氣溫迅速下探，我們身處在深夜之中，若不是準備齊全，只怕我們會凍死。

樹木全濕透了，沒有能拿來生火的工具，我們只好拿出暖暖包，彤大姐更厲害，帶了個暖爐，還能借我們輪流用。

大家都知道這情況不尋常，外頭勢必是豔陽高照，只有進了樹海的我們才會遇到這種異象，附近晃蕩的幽魂越來越多，而且這塊土地還帶有可怕的殺氣，正隨著白霧飄揚。

指南針擱在手掌心上，完全沒有用，手機也沒有訊號，環顧四周再多次，觸目所及永遠是高聳入雲的樹木，永遠沒有東南西北；我們深切感受到樹海裡迷途的人是面對什麼樣的恐懼，剛剛那女人怕是活活餓死的。

只是樹海雖大，但我們卻很巧的遇見了慌亂的那群學生，他們聚在一起的手電筒燈光映人，米粒大老遠就發現了。只是很遺憾的，渡邊先生不見了，沒追上他們。

「還覺得探險很好玩嗎？」事到如今，米粒依然沒一句好聽話。

學生們白著臉色，大家都失去了昨夜那種興致勃勃的模樣。

「你幹嘛啦，都已經夠慘了還削他們。」彤大姐不平的為學生們說話，「人不輕狂枉少年你沒聽過喔。」

「是啊，那就走出去再繼續輕狂吧。」米粒回馬再一槍。

彤大姐不知道，米粒有同學因此在他面前身亡，那一定是他很要好很要好的朋友，所以才會在他心裡刻下那樣深刻的傷痕。

班代、阿木跟火車僵直著身子蹲在地上，卿卿跟甄甄兩姐妹靠在一起，甄甄不停的顫抖，嘴裡唸著經文與佛號。

「妳不要再唸了。」卿卿歇斯底里的把她推開，「吵死人了，在我耳邊嗡嗡亂叫。」

「要唸啊……不唸不行啊。」甄甄縮著身子，話都說不全一句。「這裡是地獄！是地獄啊！」

她的聲音破碎著像斷線的珠子，人不支的蹲在地上，埋首膝間一邊流淚，一邊不停的唸著佛號。

地獄嗎？我幽幽的望著自黑暗中投射來的視線，說不定真的是。

「妳不要講那些，我們已經很害怕了。」下一個情緒崩潰的是班代，「我們出不去了對不對！大家要死在這裡了！」

「你才死在這裡咧！我們一定可以找到出口的，幹嘛還沒找就這麼悲觀！」火車也跟著吼叫，「甄甄，妳閉嘴！不要再唸了！」

他們當中，最冷靜的就屬阿木了，他蹲在地上，手裡拿著數位相機，還很悠閒的在看照片。

「渡……」他下意識的想叫喚，才想起大家走散了，「唉，這是什麼呢？」

「拍到什麼了嗎？」

「嗯。」阿木站了起來，往我們這兒走，「剛剛班代被地上的石塊絆倒，我去扶他時，發現那不是石塊，順手拍了下來。」

米粒接過相機，瞧他的臉色我就知道不對勁，他若有所指的瞟了我一眼，才把相機遞給我。

在陰雨中拍的照片非常不清楚，但是阿木用了強力閃光燈，將那小石塊上頭的紋路拍得清清楚楚。

是小石碑。

上頭有個圖案，跟我在海底撿到的那把金梳上的家徽，一模一樣。

我當然查過，那正是武田家的家徽，連這樹海裡也能見到刻有家徽的石碑嗎？

「原本就立在那裡嗎？」米粒忽然看到了什麼似的，放大仔細端詳。

「應該是吧？我不清楚，天色很暗，我扶班代起來時就那樣了。」

「怎麼了嗎？」我問，誰叫米粒的臉色一點都不好。

「我覺得那像是個封印。」米粒把相機再次遞給我看，指著照片裡的石碑。「用武田家來鎮壓。」

那是個很小的石碑，打樁在土裡，就在一棵大樹邊，我瞭解米粒為什麼認為它是個封印，因為它的四周，有著類似日本神社的繩子。只是它們被埋在地上，可能是因為班代絆到了才出土。

而那石碑確確實實移動了。

「武田家徽的封印，在鎮壓著什麼嗎？」冷汗不自覺的自我背後滑下，我想到非常惡劣的狀況。

遠遠的，傳來隆隆的鼓聲。

咚咚咚咚咚，聲聲震撼心田、氣勢萬鈞的戰鼓聲，在這陰沉濕冷的樹海間轟然而出，猝然而驚。

「聽！」彤大姐循著聲音的方向說，「是鼓聲。」

「為什麼樹海裡會有鼓聲！」火車慌亂的東張西望，「這裡有人住嗎？」

聽那鼓聲由遠而近，激昂而急切，大家僵在原地之際，又聽見了若有似無的馬蹄聲。

天哪，我摀住嘴巴，渾身不住的顫抖。

是敵方！武田用家徽來鎮壓敵軍的死靈，戰鼓配上馬蹄，我們面對的是一支死靈的軍隊！

它們不知死為何物，只知道戰爭與鮮血，燒殺擄掠，為的是將山梨踏為平地，用山梨人民的鮮血灌溉這片土地，以祝融燒燬壯麗的城池，將木花開耶姬的頭插在長矛上——喝！

陌生的影像從我腦中一閃而逝，是插在長矛上的頭！

我為什麼會想到木花開耶姬的事？沒有事實根據，我不能妄下論斷，但是在夢裡，他們的確是喊我……耶姬公主！

「快逃！」米粒抓過我的手，直直往前衝，「要活命的就快點跑！」

所有人開始跟著拔腿狂奔，我們聽見了馬蹄在濕泥地踩濺水花的聲響，牠們正奔馳著，即使已過百年殊不自知，仍舊是倨傲且日行千里的戰馬。

「那是什麼！」班代飛奔到米粒身邊大吼。

「死靈的軍隊！每個都是驍勇善戰、殺人不眨眼的士兵！」米粒回吼著，「看過神鬼傳奇吧？」

「看過。」

「現在你就在其中。」米粒幾乎是撐著我的腋下在狂奔。

我沒空回頭，但是現在跑在我們面前的只有男人們，女生呢？卿卿跟甄甄，還有彤大姐呢？

叫囂聲傳了過來，那是戰場上的怒吼，和著戰鼓跟馬蹄，組成名為死亡的樂章；而我聽過這段曲，令人膽戰心驚的鼓聲，如野獸嗜血前的低吼，刀刃互擊的鏗鏘，我全部都記得。

我一樣在奔跑，在密林中慌亂狼狽的逃命，身邊一樣有一大堆人，生死總在轉瞬間……

回眸，我看見了千軍萬馬，朝著我們而來。

傲然的駿馬已經腐爛見骨，牠們從鼻孔裡呼出惡臭，馬蹄鐵至死仍舊圈緊牠的腳，牠們跑得比生前還要迅速；戰士們身著戰國時代的盔甲，不是腐屍就是枯骨，但是它們依然勇者無懼，高舉著手中的利刃，意圖砍下我們這群該獵殺的動物。

不該是這樣的！我還沒有找到我的情緒——這種情況下，我怎麼會知道什麼是喜樂。

雙腿難敵四腳，雖然命在旦夕的潛力無窮，但是火車還是硬生生的絆到了腳，整個人撲倒在地。

「等我——」他歇斯底里的吶喊著。

班代首先緩下腳步，回頭看向聲音的方向，火車撐起身子時，戰馬眼看著就要來到他身後了。

「跑！快跑！」阿木不顧一切的吼著，大家並沒有停下腳步。

但是，米粒卻停了下來，他緊摟著我退到一邊，冷冷望著充斥在林間的戰國軍隊。

火車踉踉蹌蹌的站起身，邁開腳步拚命的跑，騎在馬上的戰士高舉著手上的大刀，沒有眼珠的它看似盯著火車的背影，揮刀而下。

不該有形體的刀子俐落的自火車上臂處橫劃而過，下一秒我們就看見了飛濺而出的鮮血。

火車還在跑。

他發出淒厲的慘叫聲，張大了嘴長嘯著，然後他的身體開始輕微滑動，手臂以上的整塊軀體咕溜的滑上了地，緊接著雙腳一跪，火車也倒臥在地。

馬蹄立即踩過他的遺骸，火車瞬間就淹沒在戰馬之中。

班代跟阿木全因驚嚇過度而忘了喊叫，他們呆望著湧來的軍隊，而我腦袋僅有一片空白。

而我身邊的米粒卻忽然口中唸唸有詞，撒手一扔，接著從他手裡滾出了一堆東西。

誰也看不清是什麼，但是濃霧倏地大起，馬嘶連連，大家都能聽見有人拉緊韁繩，馬蹄奔跑聲停了下來。

聲音漸漸消散，連同那片莫名大霧一般，最後我們眼前什麼都沒有，只有陰鬱林立的樹木，還有不遠處倒臥在血泊中的屍首。

火車已沒有全屍，雖然一開始身體只被一分為二，但馬蹄踩踏過後已面目全非成了一攤泥似的屍體；死靈的刀可以傷害我們，它們的馬蹄能夠踐踏我們，而我們能做些什麼？

「剛剛那是什麼？」我問米粒。

「結界的一種，能掩飾我們的蹤跡。」他開始檢視我全身上下有沒有受傷，「我出發前去找我朋友，他給了我一些有用的東西。」

「台灣的護身也能在日本用啊……」

「他給我的是日本的護身。」米粒像是確定我平安無事般，鬆了口氣。

我突然很感謝米粒的用心以及他的朋友，若沒有那結界，我們現在只怕個個身首異處了。

「火車……火車！」男孩們像是現在才回神，痛苦的嘶吼著，「為什麼會這樣！怎麼會！」

「這不就是你們想要的冒險嗎？」米粒望向哭泣中的男孩，「我以為你們早就知道了。」

班代跟阿木噙著淚水，用一種不可思議的眼神瞪著米粒，彷彿是種無聲的抗議，他們的朋友都已慘死，他怎能再說那種話！

但這是無法否認的事實，昨天米粒就警告過他們，是他們覺得一切都無所謂的。

「去幫他收屍吧，不該讓他曝屍荒野。」米粒接著催促著班代，「你們自己策畫的探險，應該早就有這樣的心理準備。」

兩個男孩瑟縮發抖，僵在原地瞪著那具被踩爛的屍體瞧。

而隱隱約約的，不遠處的霧裡走來人影，有人踩過枯枝，有人踏進水窪，這讓我們下意識的往後退卻數步。

直到彤大姐帶著卿卿姐妹現身時，我開始有一種喜極而泣的錯覺。

第四章・呪縛の命

最後，火車的屍體是彤大姐收的。

她們從原本的方向走來，很快就看見被踩扁的火車，女孩子當然是失聲尖叫，甄甄還因此嚇暈過去。

她們三個全身而退，虧得彤大姐能想出「爬到樹上」這個法子，因為她認定女生一定跑得比較慢，乾脆就待在原地不動，何必跑給對方追？

卿卿姐妹老實照做，手腳再笨，腎上腺素還是讓她們全爬上了樹，而那死靈的人馬眼裡只瞧得見竄逃的我們，根本忽略了她們的存在。

我們手邊沒有工具，彤大姐只能把火車拖到一些盤根錯節的樹下，那兒有個凹洞，所以她拾撿了一堆葉子蓋在他身上。

他的同學只站在一旁啜泣，我突然覺得這樣很悲哀，客死異鄉，身邊的同學卻沒有一個人願意收屍，送他最後一程；米粒說的一點也沒錯，這是他們主動策畫的，即使聽過警告也不以為意，就該預料到所有可能發生的事。

就算難敵天命，至少也該為死者收屍，但他們卻不敢。

「真慘，頭都被踩扁了。」彤大姐拍拍雙手的灰塵，認真的朝屍首拜了拜，「一路好走。」

「妳真的很多事。」米粒不耐的瞅著她，她這外人去收什麼屍。

「啊不然咧？放那群俗仔去嗎？他們一定會讓火車晾在那裡的啦，還敢說我有朋友我最強。」彤大姐重重嘆了一口氣，「你昨天在晚餐時發脾氣警告，就是因為可能會這樣對吧？」

「嗯。」米粒別過了頭，「但至少我會送朋友最後一程。」

「我們不敢啊。」暴吼聲倏地從班代口裡衝出，「你幹嘛張口閉口都在嘲諷我們，我們就是不敢碰屍體，我們——」

「不敢？你們當初要來冒險時膽量不是很大嗎？不是信誓旦旦說那都是自殺生還者的幻覺嗎？那些勇氣到哪裡去了！」米粒義正辭嚴的回吼著，「現在連幫朋友收屍的勇氣都沒有，接下來就沒有勇氣伸出援手、沒有勇氣救人、既然要做，就要承擔到底！」

我拉過米粒，希望他平息怒意，這些學生若是懂，當初就不會這麼莽撞的想挑戰樹海；他們要是能面對該承擔的責任，就不會眼睜睜看著彤大姐一個女人為他們的同學收屍了。

米粒說對了一個關鍵，這群學生連收屍的勇氣都沒有，接下來如果一起行動，恐怕會被他們的自私拖累。

連彤大姐都走過來，拍拍米粒，低聲說了別跟他們計較。

「我們分開吧。」我對米粒低語，「我不想跟他們一起行動，一來會礙事，二來我擔心會連累他們。」

「我本來就不想跟他們一起走。」米粒嫌惡的說著，立即回首，「大家好自為之吧，我們要先走了。」

果然餘音未落，學生們驚跳而起，卿卿第一個衝過來，勾住彤大姐的手。「為什麼！為什麼要分開走，你們要去哪裡？」

「大家為什麼不一起走，才有個照應啊！」甄甄哭哭啼啼的說著。

「照應？像火車那樣喔。」彤大姐挑了挑眉，「我看還是不要比較好，不知道最後是誰照應誰。」

卿卿聽了臉色蒼白，雖然尷尬，卻還是緊勾著彤大姐的手不放。

「我們的目的不是走出樹海，跟著我們不會有生路的。」我出了聲，將卿卿的手拉開，「我是來找東西的，我們只會往樹海的深處去。」

咦？甄甄怔然的望著我們，一臉不可思議。

於是我們跟學生道別，彷彿知道該往哪裡去，我沒有猶豫的走向該去的地方；只是那群學生很固執，雖然相距了十公尺遠，卻還是緊跟著我們。

連我都不知道要去哪裡了，他們跟著我們有什麼用。

天色完全沒有轉亮，依然陰暗無比，不過能見度還在可接受的範圍，尚不須拿出手電筒照明；一路上求救聲自四面八方來，腐臭味也隨處皆是。

不知走了多久，我們甚至不確定是否有走回原來的地方，因為每一處都生得一樣，連我都有點頭暈目眩。

「咦？」後頭的學生發出聲音，我們還是忍不住回頭探視。

卿卿似乎是發現了什麼東西，她走了兩步，彎身拾起。

「不要亂撿東西。」我趕緊出聲，但已經來不及。

卿卿手上拿著一本像書的東西，我跟彤大姐走了過去，米粒則是完全不想再接近那群學生的模樣，我想這些事喚起關於他朋友的記憶。

那是一本已經髒污不堪的書，正是當年紅極一時的「完全自殺手冊」。

『嗚……』就在旁邊，有人低泣著。

「寫這本書跟出版這本書的都會下地獄吧？」彤大姐拿過來翻著，「教人家自殺能算功德一件嗎？」

「他們只想要賺錢而已吧？」阿木搖了搖頭，「我看過那本書，上面也有提到樹海這個地點，似乎來這裡自殺是多唯美的事，綠樹環抱，蟲嘶鳥鳴。」

甄甄往裡再走一步，又看見一本書，關於西方極樂世界。真是夠矛盾的，又要自殺，又想去極樂世界？

『嗚嗚……』那哭泣聲越來越大。

我不安的回首瞥了米粒一眼，他瞬間領會，疾步走了過來。

「腐臭味，這附近有屍體。」他拿著手電筒，小心翼翼的往裡頭走，「出聲。」

『我不想死……我真的不想死了。』女孩的聲音終於傳了出來。『對不起對不起！』

米粒往前走，這兒的樹木長得非常濃密，還伴有青苔，昏暗的天色讓我們必須特別注意腳下盤根錯節的樹根；我們一路踩過了書本、被撕裂的紙張，然後來到一處特別的場所。

只是幾步路就呈現不同的景象，前頭只有直立的樹木與泥地，這兒的樹木相隔較遠，中有岩石錯落，綠苔披上了石子，也裹上了裸露而出的樹根，形成一片像廣場般的地方。

當然，這個廣場是由交纏的樹根構成的，中有大石與疏樹，可是卻讓人覺得跟外面截然不同。

在數步之遙的大樹下，很明顯的坐著一具屍體。

我們走了過去，看見的是樹上有個深刻的刮痕，一道又一道的痕跡刻在上頭，甄甄顫抖著伸上前觸摸，剛好是五根指頭的爪痕。

屍體掩面痛哭，她瘦骨嶙峋，看起來像是餓死的。

『我走不出去啊！』她抬頭看著我們，看上去很年輕，而且是剛死沒多久的新鮮屍體。『我好害怕、好孤單……幫幫我！幫幫我！』

我望著樹下的爪痕，大概是被自然環抱時感受到強烈的不安與孤寂，再後悔卻又離不開樹海所造成的情緒崩潰吧。

地上散亂著她的遺書，有好多被揉爛的紙團，而最明顯的一張壓在她的皮包下，狂亂的字跡代表著她臨死前的心情。

密密麻麻的——我不想死！

來樹海自殺的人，究竟是自殺而亡？活活餓死？還是發狂似的找尋出口，一次又一次被絕望淹沒，最後被恐懼所侵蝕到自我了斷的呢？不管哪一種，這裡的確如甄甄所說，是人間地獄。

「進來了才不想死嗎？」彤大姐眼裡看到的只有屍體，她聽不見屍體在說話。

『幫幫我！拜託妳！』少女含著淚對著我說，『妳能幫我的！』

「我不能。」我何德何能。

卿卿他們稍稍走了過來，刺鼻的味道逼得他們掩住口鼻，阿木跟班代兩個男生不時的環顧四周，像是在把守什麼。

『騙人！妳明明就可以！』少女的靈魂忽地從體內跳出，『讓她帶我走！再不走就來不及了！』

什麼？我尚來不及反應，靈體就直直衝向卿卿。

「哇呀！」甄甄比誰都敏銳，看得清死靈，一把推開了卿卿，讓死靈撲了個空。

然後，戰鼓聲又傳來了。

聽見那聲音所有人的心都涼了一半，那聲音是如此的近，為什麼死靈的軍隊總是圍繞在我們左右呢？

「又來了！」班代焦急的嚷了出來，「為什麼要追殺我們！」

「他們不是追殺，只怕以為還在戰爭，我們是……敵方吧。」米粒也擰起眉心，區區數人，如何面對龐大的軍隊？

聽著戰鼓聲由遠而近，少女的靈魂卻未善罷甘休，她拖住甄甄的雙腳，試圖進入她的身子裡。

「咦？」彤大姐忽然眨了眨眼，指向甄甄，「有隻鬼在抓她耶！」

米粒也一愣，「我們又進入死靈的空間，彤大姐看得見了。」

「快點跑！」阿木跟班代立刻架起甄甄，拚命的向前飛奔，而少女鬼就巴著甄甄的腳，一塊兒在地上往前拖行。

馬蹄聲出現了，我們跳過一個個突起的樹根，然而學生的速度越來越慢，因為少女的鬼魂拖累了甄甄。

再這樣下去，他們三個都會被追上的。

我一咬唇，鬆開了米粒的手，愚蠢的往回跑，試圖要把少女的鬼魂驅離。

『來不及的！來不及的！』她邪佞的長笑起來，『大家都要死在這個樹海裡！這個樹海裡——』

「閉嘴！」我身上有什麼能有——啊！我趕緊從口袋裡翻找出那把金梳，我至今都還沒有使用過。

當它能在巴東海灘超渡海魂，那現在應該有點用處吧？

說到用處，炎亭是睡死了嗎？

梳子才一翻出，那少女鬼魂立刻鬆開雙手，驚慌失措的連連後退，用一種既畏懼又尊重的眼神瞪著那把梳子。

『妳……』她倏而蹬地飛起，靈體飄浮在半空中高喊，『耶姬公主在這裡，木花開耶姬在這裡！』

咦？我聽見死靈軍隊的大吼聲，加快的馬蹄聲，還有米粒的叫喊。

「快走！」他拉起我，阿木拉起甄甄，大家只能沒命的跑！

木花開耶姬在這裡？我緊握著金梳，那個少女在說我嗎？

「炎亭！炎亭你醒了沒！」我大聲喊著，但是背包裡毫無動靜。

『木花開耶姬在哪？斬下她的首級——』死靈將士的聲音清楚的自空中傳來，我打從心底發出恐懼。

「妳真的是木花開耶姬啊？」彤大姐跑在我旁邊，還有時間話家常。

「我可以否認嗎？」現在後頭的死靈大軍，要砍的是木花開耶姬的首級耶。

我們盲目的跑著，難道我待在這裡，就得一直被莫名的敵軍追殺嗎？我的喜樂在哪裡？我現在一點頭緒也沒有，就必須一直逃命、一直——

『公主——』

咦？我聽見有人在我腦子裡說話。

『停下！耶姬公主！』

我拉著米粒的手，止住了步伐。

「安？現在不是休息的時候。」他喘著氣，「跑不動的話我揹妳。」

「噓！」我比了食指要他噤聲。

然後，地表傳來震動，自地面隆起無數土丘，土壤自兩旁散落而下，土丘裡漸漸浮出一顆頭乃至於肩頸，自地底冒出的人遲緩但奮力的離開地底，緩緩爬出，撥去一身泥。

數以百計的人自地裡爬出，四面八方的包圍著我們。

他們有的是平民裝束、有的是士兵，身上插著劍、缺了口，有人只有半身，但卻笑語盈盈的迎向我們。

『耶姬公主，請從這邊離開。』有幾個婦人泛著青光，指向我們西南方。

「耶姬公主？」我不確定的問了聲。

『請快走，這裡交給我們吧！』她們恭恭敬敬的請託，米粒拉著我即刻前進，即使不明所以，大家還是只能跟著這些死靈走。

婦人們一路帶著我們來到變得窄小的樹林，那兒樹木茂盛交錯，形成一個樹拱，現下看過去彷彿一道門。

『我只能帶您到這兒了，請從這兒前往。』她低垂著頭，因為前頭喉頭有道切口。

「我們分不清楚方向。」彤大姐自然的接口。

『那我們盡量一路追隨。』婦人忽然跪拜在地，『請耶姬公主一定要將大家救出這裡，我們等了幾百年了。』

「我聽不懂妳在說什麼……」但是我卻覺得很悲哀，「對不起，我可能無能為力。」

婦人只是微笑，再次叩首，便迅速回身往戰場的方向去。

雖然只是虛幻之象，但我還是看到了火光沖天，死靈大軍拿著火把、擎著弓箭，手持大刀，無情殘忍的砍傷人們圍成的那道牆。

死靈與死靈的戰爭，依然能聽見揮刀者的笑聲，以及二度被殺的死靈哀鳴，它們竟然為了我，又死了一次。

「走吧，再不走它們就白死了。」米粒拽拽我，指著那似門的拱洞。

「為了妳死兩次耶！」彤大姐露出讚許的笑容，「真夠義氣的！」

我深吸了一口氣，莫名其妙的責任突然壓上我肩頭，但是我不想拒絕！緊緊牽著我的夥伴們，我們在哀鴻遍野的背景聲中，穿過了那道拱門。

※　※　※

穿過那樹拱之後，所有的殺戮聲瞬間就消失了，我們彷彿來到另一個世界般，但仔細端詳，依然身數在繁雜的樹海當中。

歷經逃難與奔跑，大家都累了，所以米粒建議大家找個地方，稍事休息。

地上依然是濕的，但是彤大姐竟能從背包裡拿出兩大塊塑膠布，一塊大方的分給學生們，一塊讓我們自己鋪。

直到坐下來時，我們都還想不到為什麼她會帶著賞櫻的布在身上。

這還沒完，她竟然還帶了新鮮的三明治，並拿出一壺保溫壺，悠哉怡然的背靠樹幹，倒出一杯熱騰騰的日本茶，用一副賞櫻的姿態嘆了聲：「唉，好美喔！」

美？是我腦子跟不上現實的速度，還是彤大姐根本沒在現實裡？

「吃啊，我早上看到民宿老闆娘多做了幾個，跟她要來野餐用的。」

「野餐？」

「是啊，賞櫻那麼美，我想樹海裡一定也很壯觀吧，所以我把野餐的東西都帶齊了。」彤大姐先拿了一小塊三明治起來，滿臉幸福的送進口裡咀嚼，「只是我沒算到這麼快就出事啦。」

不只是我們，連對面那群學生都用一種不可思議的眼神望著怡然自得的彤大姐。

最後，一隻手越過我面前，也拿了塊三明治吃。

「我們應該要有彤大姐的豁達才對。」米粒用一種讚嘆的語氣說著。「吃點東西才好補足氣力。」

「本來就是，反正遇就是遇到了，哭喪著臉也沒用。」彤大姐揚起亮麗的笑容，「我們該想的是，下次再遇見那群鬼軍隊，有沒有辦法不要跑得那麼辛苦。很喘。」

她真的很泰然，泰然到一種我哭笑不得的境界。

「那是因為——妳沒有朋友死掉！」班代哽咽著，怒氣沖沖的駁斥彤大姐的樂天。

米粒立即散發出怒氣，我趕緊按捺他，而彤大姐則圓了雙眼，用一種恍然大悟的眼神對著班代，還點了點頭。

「對耶，你說到重點了。」彤大姐往我跟米粒身上看過來，「不過我這兩個朋友沒那麼容易死。哈！我算幸運的了。」

我眨了眨眼，請她少說兩句吧，他們已經夠難過了。

兩個女生在角落裡哭泣，卿卿一反初始的跋扈，正細心的為妹妹檢查雙腳，甄甄的腳踝上留有手骨握過的痕跡，那死靈把指甲插了進去，現在她正流著黑色的血，那顏色讓我很不安。

「它們任何人都碰得到我們，這對我們非常不利。」米粒沉重的說著。

「衝著我來的嗎？」我十分不安。

「封印被破了，我看它們的樣子……根本還活在戰亂當中，毫無人性可言。」米粒其實很擔憂，但是卻還是緊握我雙手，「別擔心，會沒事的。」

「怎麼可能會沒事！」班代怒火中燒的吼了起來，「我們出不去了、火車死了，又有一支鬼軍隊在後面追殺我們，怎麼會沒事！」

「班代！你不要一直吼好不好！」卿卿忍無可忍的站起來，使勁推了他一把，「大家都很害怕，不是只有你！不要再一直鬼吼鬼叫了！」

或許是被卿卿這麼一推，讓班代稍稍岔了氣，他因恐懼而燃起的怒火不再熊熊燃燒，而是用一種快哭出來的臉望著同學。

「卿卿，甄甄還好嗎？」還是阿木比較冷靜些，雖然他的臉色也很蒼白。

一提到甄甄，卿卿忍著的淚水立刻迸出，當場哭出聲！她奔回甄甄身邊，發顫的甄甄瞪著自己留有握印及十個指洞的腳踝，血止不住，黑色的血水分成十支小細流，汩汩流出。

我立刻起身湊近，身上帶有小醫藥箱，或許可以探查一下。

但是還沒碰到她的腳，我就知道大事不妙了，那血流看起來很細，但是速度非常快，彷彿有什麼力量正在把她的血抽乾似的。

「我快死了。」甄甄抽抽噎噎的開了口，「我知道我快死了。」

「不要亂講！沒事的！」卿卿緊抱著妹妹，兩個人都在發抖。

我還是從醫藥箱裡取出棉花棒、碘酒與繃帶，就算我什麼也沒辦法做，也不能展現出絕望給她看。

如此脆弱、如此瘦小，還只是學生的年紀啊。

我將棉花棒沾上碘酒，小心翼翼的捧起甄甄的腳，在傷口上拭藥；只是才觸及，棉花棒上就冒出白煙，而手中的腳立刻慘叫收回。

甄甄痛苦的喊燙，扭動著身軀，卿卿只能緊緊抱住她。

那死靈的身上有屍毒吧？她的指甲跟炎亭的一樣長，全部插入纖細的腳踝，只怕每條筋肉都已經被切——咦？我突然想起，炎亭呢！

扔下東西，我急忙的跑回背包，炎亭為什麼失去了聲音！很多場合它明明可以出手相救的。

將背包猛然一掀，我卻看不見炎亭的身影！

咦？我慌亂的翻找著，炎亭再小，也不可能找不到啊。一直到我把背包裡的東西都倒出來，才確定我真的失去炎亭了！

「死小孩呢？」連彤大姐都發現了。

「不知道。」我緊張的望向米粒，它在你那邊嗎？」

「沒有。」米粒不必翻找，他感應得到。「什麼時候發生的事？」

「現在！我想到它可以救甄甄，所以……」為什麼！炎亭去哪裡了？乾嬰屍有辦法應付樹海裡的各種狀況嗎？「它離開不可能沒交代的！會不會我在奔跑時把它摔掉了。」

「它會回來。」

「還是它跳出去了？」

「安！」米粒輕撫我的臉龐，「它不是普通人，有辦法自理的。」

對啊！試圖平靜下來，炎亭可不是普通角色，這樹海、那死靈大軍該是傷害不了它的。

現在會被傷害的，只有人。

「……安……安姐姐！」卿卿突然發出驚恐的叫聲。

我趕緊回首望去，看見卿卿的視線聚焦在她們的那棵大樹上頭。

土裡不知何時鑽出了綠色的藤蔓，它以一種不可思議的速度在樹幹上纏繞生長，不停往上攀去。

我走了過去，班代他們跳起，全往那大樹下走近。

甄甄在哀號，只是聲音越來越虛弱。

綠色的藤蔓生長著、交纏著，它們很快地將整棵樹包圍住，我們都知道那絕對不是正常現象，可是每一個人都緊盯著不放。

我暗暗倒抽一口氣，感覺到餘光中的人影不再抽動。

「甄甄！」我被她分了心神，趕緊蹲下來查看。

甄甄已經沒有再掙扎，她孱弱的望著我，抓住蹲下來的卿卿，而我終於看見自她腳踝中流出來的血，迅速的被樹根……不，是那生長出的藤吸收。

倏地抬首望去，那藤蔓莖裡映著紅綠色，像是有紅色的血液在藤蔓中流動。

「我……」甄甄緊揪著卿卿的衣服，「活下去……」

她的臉色轉為死白，眼窩開始凹陷，連唇瓣都失去了血色。

反之，那纏繞著大樹的藤蔓變得更加妖豔，莖枝粗到我們可以看見血液在裡頭流動。

血往藤蔓的上方傳送，終於它停止了生長，尖端開始冒出小小的花苞。

「甄甄！」卿卿哭喊著，試圖把甄甄抱走，但我們都知道來不及了

「開、開花了！」阿木喃喃說著，不知是驚奇，或是讚嘆。

昂起頭，我看見紅色的花朵怒放。

它們鮮紅欲滴的開滿了整棵樹，紅色的花瓣裡有著白色的芯，鮮紅似血，蒼白卻像躺在樹下再也不能動的甄甄。

卿卿發狂般的慘叫著，想要緊緊的抱住甄甄，卻無法抱起她。

因為甄甄的背，已經與藤蔓緊緊相連。

「站起來！」米粒突然粗魯的把卿卿拉起，撤到一邊去。

因為開了花的藤沒有停止成長，甄甄的身體開始萎縮，她被抽到只剩下皮包骨，接著我們聽見骨頭碎裂的聲音。

死亡的她突地身體拱起，然後自肋骨處向下折斷，她就像一個原本充滿空氣的囊袋，現在將被收縮成掌心大小。

我不敢看，卿卿閉上眼睛，米粒緊抱著我，不讓我看見可怕的一幕。

死寂瀰漫，當我再次回頭，已經看不見甄甄的屍首。

且藤蔓鮮紅的花朵也不在，取而代之的是一顆顆碩大肥美，晶瑩剔透的果實。

以甄甄的血與肉，滋養出來的果實。

第五章・死者の囁き

「哇呀呀呀——」歇斯底里的慘叫聲，來自目睹妹妹化為果實的卿卿。她雙眼充血，美麗的臉龐扭曲，口中不停喊叫著，好像沒有歇止的一天，班代因此從震驚中回神，一個箭步衝到她身邊，摀住了她的嘴。

「不要再叫了。」他臉色也發白，「妳會引來注意的。」

卿卿持續尖叫著，陷入一種瘋狂，完全不正常的狀態。

這也難怪，親眼看著妹妹為她慘死，連屍體都沒有留下，最後成為一顆顆朱紅的果實，又有多少人能忍受？

阿木凝視著滿樹的結實纍纍，全身不住的顫抖。

「怎麼會……有這種事？」

「死靈軍隊都有了，食人蔓應該不算什麼吧？」彤大姐連名字都取好了，逕自往前想要一探究竟似的。

「彤大姐！」米粒急忙的拉住她，「妳不會是想看看那些果子吧？」

「摘來看看，我不會吃的。」她很認真的回應。

「不——不，不許妳碰！」卿卿不知何時咬了班代的手掌掙脫，忽然衝向前，一把推倒彤大姐，再回到樹前，「這是我的甄甄，誰也不許碰！誰也不許碰！」

彤大姐被推了個狼狽在地，撫著發疼的臀部、看著深受打擊的卿卿，「我只是想弄清楚狀況。」她委屈般的嚷著。

「別碰。」米粒扶她起身，暗暗在她耳邊說話。

班代走向卿卿，忍著發疼的手，輕柔扳過她的肩頭，卿卿回頭望向班代，淚水泉湧而出。

「是我！一開始是我提議要來的……」卿卿忽然哭號起來，「甄甄勸過我很多次，我都罵她是膽小鬼，我叫她閉嘴……她卻還是跟著我來。」

「卿卿！」阿木也上前，淚水忍不住流了下來。

「昨天晚上她要我打消去樹海探險的念頭，她說那裡面很可怕，我說了好難聽的話。」卿卿偎在班代懷裡痛哭失聲，「我說她怕死就不要來、怕死就不要……」

而今，甄甄死了。

她才是最不怕死的人，我知道她有多敏銳，她看得見我身後跟著的靈體，也看得見這樹海的詭譎，她明明什麼都知道，還是來了。

因為她姐姐一意孤行，因為她想要試著阻止姐姐，試著保護她。

結果，她也代替姐姐，犧牲了生命。

卿卿轉向紅色的果子，突然衝上前，硬是摘下了一顆。

「卿卿！妳幹嘛！」連阿木都忍不住出聲阻止她，「妳不要碰那種邪惡的東西。」

「邪惡？她是甄甄耶！」卿卿憤恨的瞪著阿木，「這上頭每一顆果實都是甄甄！」

說時遲那時快，她竟然咬了下去！

紅色的果實並沒有如大家所猜想，噴出紅色的汁液，那就像顆番茄般，是個扎實普通的果子……只要沒有看見它怎麼生長。

我也不認為那種果子可以食用，但對於卿卿而言，或許這是把甄甄帶走的唯一辦法。

她瞬間啃食精光，和著淚水吞下肚。

嘴邊殘留著紅色的汁液，嚥下甄甄一部分的她，根本連站都站不直身子，絕望的痛哭失聲。

班代攙扶著她，我們也無能為力。

大學生再度折損一個人，現在只剩下班代、阿木，跟精神不穩定的卿卿，可是我們沒時間等他們恢復，必須繼續往前走，不往下走誰也不知道終點在哪兒。

我們原本以為天色永遠都是昏暗的，沒有極度的黑，但是在我們的錶顯示七點時，夜色真的降臨，成了一片毫無燈光的黑暗。

樹海的濃密茂盛，遮去了月娘與星斗，我們只剩下絕對的黑暗，沒有手電筒的話根本什麼都看不見。

拿著手電筒在密密麻麻裡的樹林裡亂照其實是件可怕的事，我們更加分不清楚東南西北，如果只有一個人，勢必會陷入恐慌，因為只要在原地旋個身，就會完全失去方位。

氣溫越來越低，所有人口中不停吐出白霧，我們唯一能慶幸的是死靈大軍沒有再出現，樹海裡靜的連根針落上泥地都聽得見。

是啊，沒有蟲鳴、沒有鳥叫，甚至連一絲風聲也沒有。

沒有任何地方會靜謐如此，這簡直就像是個無法容納任何生命的場所。

我們最後找了一處較寬敞的地方休息，米粒提議生火，所以三個大男生便開始撿一些乾燥的小樹枝，好不容易才升起營火。

有些劈啪聲總是好的，因為樹海裡靜得讓我發寒。

「很冷嗎？」米粒輕聲問著。

「嗯。」我點了點頭，「我不知道是真的冷，還是……」

他將外套敞開，溫柔的把我包裹進去。「我在這裡。」

他的聲音隆隆的自胸膛傳進我耳裡，我難以抗拒這樣的溫暖，偎著他的胸腔，就能得到絕對的安全感。

卿卿在班代的安置下沉睡，彤大姐還在玩手機遊戲，班代坐在旁邊不發一語，大學生們已不若初時見面的生龍活虎，他們兩眼空洞，恐懼侵蝕著他們的神經，完全失去了所謂的「探險」精神。

阿木一個人坐在火邊，撥弄著柴火，一臉若有所思。

「我們來聊天好了。」阿木突然開口，「這樣下去氣氛很悶。」

「聊什麼？」一聽見可以聊天，彤大姐瞬間坐直身子，把手機扔進包包裡。

我不知道彤大姐究竟有沒有思考過，我們有可能會餓死在樹海裡，或是被死靈大軍砍殺，也有可能化成鮮紅的果實。

最糟的情況，是在這些事情發生前就自相殘殺，或是發狂而死。

但是我不忍提醒她，她的快樂是我們的救贖。

「聊聊山梨縣的歷史。」阿木的黑瞳裡閃耀著火光，熠熠發亮，「例如，這兒的火山守護神。」

「什麼守護神啊？」彤大姐果然雙眼一亮。

「嗯。」阿木微微頷首，「就是今天渡邊先生說的，木花開耶姬。」

這個名字，再次引起我的注意。

「咦？」彤大姐忽然轉過頭來看著我，「剛剛那群鬼魂，就是這樣喊妳的耶。」

非常，非常感謝彤大姐的提醒。

班代像是瞬間醒了般，目光灼灼的望著我。

「沒錯，我就在想，為什麼死靈大軍死命跟著我們，而且像是在追殺什麼似的。」阿木沉穩的說道：「直到剛剛那個不想死的女鬼大喊著木花開耶姬時，我就想到了。」

米粒以警戒的眼神望著火堆對面的大學生們，而我緩緩的離開他懷間，也坐直身子。

「所以？」

「它們是在追妳？」班代忽然皺了眉，「那些鬼是為了要追殺妳嗎？」

「我不知道。」這是實話。

「什麼叫妳不知道！妳以為一句不知道就什麼都算了嗎？」班代跳了起來，在黑夜裡咆哮，「火車因為妳而死了，甄甄也是為了妳身亡，這一切都是因為妳！」

我微微顫抖著身子，不知道該承認還是否認。

「不要把自己的過錯推到別人身上。」米粒不悅的向上瞪著他，「你應該沒有忘記，是誰帶領著大家來這裡的吧？班、代。」

班代瞪大了眼睛，用一種快要失去理智的眼神看著米粒。

「但是我們只是來探險，我們並不想死！」他歇斯底里的怒吼著，「都是妳！就是因為有妳在，大家才會死！」

「我早說過不該進來探險的，怪得了誰？」米粒將我緊緊摟住，「我們是早就做好最壞打算的人，是你們自己一路跟著我們。」

阿木圓了眼，制止了打算繼續怒吼的班代，「什麼叫做好最壞的打算？你們難道……揪團自殺？」

「拜託！誰吃飽閒著啊？自殺還揪團，又不是遠足！」彤大姐冷哼一聲，「我們是早就知道這很危險，但是逼不得已得進來，什麼危險狀況都先設想好了。」

「為什麼？」阿木可能無法相信，世界上有主動往死裡去的人……但其實他們就是活生生的例子。

「無可奉告。」米粒說話時，看著彤大姐，麻煩她不要再多言。

彤大姐挑起嘴角笑著，點頭應和，還在這森冷的寒夜裡低低哼起歌來。

「我們沒有跟你們一路，也沒請你們跟著我們，會被死靈攻擊早在我們預料之中，我們是做好心理準備才來的。」米粒一字一句的瞪著班代說，「學生的死亡或許跟我們脫不了干係，但是這是你們自找的。」

「米粒！」我低聲制止，他話說得太重了。

「這些孩子不應該只聽好話，那樣會被蒙蔽在自己的世界裡。」米粒果然很討厭班代他們，「老話一句，探險試膽就要負起責任，你們自己選的路自己走，我們呢……」他低頭看向我，深情款款，「早就已經選好了。」

我痛苦的閉上雙眼，再害怕，有米粒陪著我都沒關係。

「你們、你們少說這種推諉塞責的話！」大概面對同學的死亡太痛苦，班代還是決定把罪與過都推到我們頭上，「火車跟甄甄就是你們害死的。」

「哼。」彤大姐又悻悻然的拿出手機，「對對對，你們都沒錯，你們最無辜了。」

「妳閉嘴！」班代指向彤大姐，我們可不認為這是好事，「你們要尋死是你們家的事，為什麼要拖我們下水！」

「錯！」彤大姐聲音高揚，「我們是要在死中求生，你們這些不信邪又具有冒險犯難精神的大學生呢……才是真正尋死的人！」

末了，彤大姐還附上大笑聲，我聽了只有一把冷汗。

我知道彤大姐很厭惡這種遇到事情就推給別人的情況，但是對方好歹是受過心靈創傷的學生，或許可以手下留情一點。

但不必問我就猜得到她的想法，她這方面跟米粒相似，她認為最好的方式是逼他們面對。

彤大姐眉一挑，衝著我露出美豔的笑容，又開始打起手機遊戲，這表示她聽膩了阿木的話題或是班代的咆哮，兩者都代表極端無聊。

「你別激動的吼來吼去。」阿木連忙把班代拉下來，「事情還是要解決。」

「怎麼解決？人都死了……」

「但我們三個還活著啊。」阿木用力一擊班代的肩，「現在要想的是怎麼活著出去。」

我望著開始低泣不已的班代，有點同情他們。

「別再跟著我們走了。」我幽幽開口，「跟著我們走只會一再出事，發生連我們都無法預料的事情。」

「還有另一個方法。」阿木相當沉著，說出了驚人之語。

「什麼？」班代焦急的搖著他。

阿木抬首，再次望著我，並沒有回答班代的問題。幾經追問，他突然變得沉默，後來甚至叫班代別吵。

「我還沒想清楚！等我想清楚會告訴你啦！」阿木這樣低吼著。

我不是對阿木沒信心，而是在樹海中枉死的人這麼多，那些人難道都沒想過方法嗎？

但結果是一個個人走進，卻沒有人得以離開。

這放眼望去都一樣的場景、一樣的樹木，跟一樣的絕望。

我身在其中越久，越覺得我曾經有過這樣的絕望感，也曾經看過這樣一望無邊際的樹木，也曾經倚靠著大樹下休息，甚至曾看過這樣的火。

只是心境是不一樣的，我似乎曾品嚐過絕望，還有一種哀莫大於心死的痛。

可是現在……我恐懼、我擔憂，但是我卻覺得相當的安心與溫暖；因為一邊是我愛的男人，另一邊是我愛的女人。

摯愛與摯友都能夠相伴，夫復何求。

「不知道那個渡邊先生怎麼了？」彤大姐突然提出一個我們都快忘卻的人。

對呀！我們的導遊呢？在第一次死靈大軍來襲時就被沖散了。

「說不定他對這裡很熟，早就出去了。」班代悶悶的說。

「我不這麼樂觀，我們當時一慌就亂了，根本沒有方向感，沒有人能對樹海那樣熟稔。」米粒蹙著眉，「幸運的話他已經死了，不幸的話就跟我們一樣，在樹海裡迷路，活到食物沒有之後，直接面臨地獄。」

「那我希望他幸運一點。」彤大姐嘆口氣，眼神沒離開過電動。

我暗自拉了拉米粒，低聲跟他說著，明天動身時，要與班代他們分開；他們不適宜再跟我們走了，一來死傷會增加，二來他們的情緒太不穩定。

我擔心的不是卿卿或是班代，而是歷經這麼多死亡還鎮靜自若的阿木。

他太聰明了，心機深沉到我無法揣測他的想法。

米粒允諾了，還大膽的在我頰上親吻。

然後我們躺著彤大姐帶來的野餐布，我依然被包裹在米粒的臂彎之間，極度的疲憊終於襲來，歷經一整天的奔跑跟逃命，真的累壞了。

不知道過了多久，連大學生們都難抵睡意的睡去，我覺得我的身體睡沉了，可是意識卻很清明。

我竟起了身，米粒那時正注視著另外一邊，他在守夜，並沒有發現我；我掠過彤大姐，經過熟睡中的卿卿，一路狂奔而去。

我似乎已有目標，我踩過泥土地，穿過不知道哪來的長草叢，我的耳邊傳來溪水的聲音，我撥開草叢，有股衝動自心底油然而生——我想死！我現在就要死！

我絕對不要為了他人而犧牲，我希望用現在的身分領取死亡！

然後，我沉入冰冷的水裡。

往下沉……往下沉……我努力克制掙扎，我必須在這裡死亡。

『妳怎麼能這麼自私呢？妳不能現在死啊！』

一個老者的聲音傳了過來，我好像在哪裡聽過這樣的聲音，低沉的、慈藹的，是一個白髮蒼蒼的婆婆——在巴東海灘時曾聽見的！

誰！妳是誰，妳到底是——

「我是葛宇彤。」冰冷的水我往臉上拍來，「妳可以起床了，安小姐。」

咦？我倏地睜開雙眼，見著的是彤大姐狐疑的臉。

然後是她身後灰白的天空，一樣的陰沉，但是那似乎顯示是白天了。

「作惡夢了？」她蹲在我身邊，一臉覺得有趣的看著我，「我跟妳說喔，我也作夢了。」

我睡眼惺忪坐起身，「我們的夢絕對不同掛。」

「呵～很有趣呢。」彤大姐瞇起眼笑著，一副想分享的模樣。

「天亮了嗎？」我有點迷迷糊糊，「我們睡多久了？米……米粒？米粒呢！」

我回身，一個總是在我身邊的人卻不在了！

「他去探路啦，這麼緊張。」彤大姐咯咯笑著，「你們真的很恩愛耶，一秒不見就這麼著急。」

「彤大姐，這裡是不是台北馬路，是樹海。」我沒好氣的瞪著她，「如果妳不見了，我一樣會緊張。」

「呵～揪感心欸～」彤大姐指了指大樹幹上的繩子，「他跟阿木兵分兩路去探路，腰上繫了繩子，所以不會迷路。」

真聰明，不知道是阿木想到的法子，還是米粒。

我查看時間，竟然睡了九個小時，班代正在照顧卿卿，她睡一覺後精神看起來好很多，但是眼神變得更加怪異；班代正跟她說話，不時還瞥了我們幾眼，大概是在敘述我們是罪魁禍首……等等的事吧。

彤大姐拿出兩塊餅乾給我，雖然她大剌剌的，但是卻已經在實行配給制。

「我這瓶都是露水。」她趁機搖了搖腰間的小瓶水，在我倒抽一口氣前繼續說，「萬一我怎麼了，就表示露水不能喝。」

「妳——」

「我只是覺得露水應該沒關係。」彤大姐微微一笑，「我們帶的糧食夠撐上一陣子，但是水才是最重要的。」

「那也沒必要拿自己當實驗。」我真的生氣了。

「不然拿誰？妳？米粒，還是對面那幾個？」她一笑置之，「沒關係啦，我相信不會有問題的。」

我相信。

《秘密》這本書出版前，彤大姐就已經是最佳的實踐者了。

她要的就會得到，她相信會好轉就好轉，她相信會升官就會升官，她相信什麼就會得到什麼，永遠的正面力量，也永遠的……霸氣。

我現在很希望她的正面力量在這五感封閉的森林裡也能有所作用。

我往遠方望去，這片樹海裡根本沒有任何長草，但是夢境裡的我穿過的是比人還高的長草，我拚命的跑，一心求的是死亡。

那夢境真實得嚇人，我抬起手臂看著，依稀記得草掠過手臂的觸感，記得濕軟泥土的味道，還有溪水的冰冷。

「大家都起床了嗎？」米粒的聲音爽朗的傳來，他正順著繩子走回，「吃過東西了沒？」

我點點頭，塞入最後一口餅乾。

「睡得好嗎？」他收著繩子，體貼的問著我。

「我作了夢。」我若有所思的回憶著，「很真切的夢……」

米粒旋即望向彤大姐，她用力的點頭，「而且剛剛還一直大喊，誰、你是誰之類的。」

我沒好氣的轉頭瞪她，所以她才接那種無厘頭的答案嗎？我絕對不是在問她是誰好嗎！

「跟這裡有關？」他蹲下身來，撫上我的臉頰，滿是擔憂。

我點頭，的確像是曾經在樹海裡的感覺。

「那或許答案快揭曉了？」他笑了起來，「好了，難得死靈們放我們充分休息，我們也該出發了。」

我們立即動身，將東西收妥，背包上肩，而對面的三個大學生看起來氣色也不差，一樣的整裝待發。

米粒遲疑的望著他們，他們倒也認真的回看他。

「所以你們也要走了嗎？」

「我們決定了，還是一起走有個照應。」阿木語出驚人的說著，「分開的話，我們可能會更慘。」

這個決定讓我們訝異萬分，而米粒則是不爽到極點。

「我們有死靈大軍追殺，可能等一下還會遇到更可怕的厲鬼，沒有心力顧及你們。」他把醜話說在前頭，「不要到時候誰死了又來怨懟是我們害的。」

「我贊成。」彤大姐掠過我走到他們面前，「我不喜歡擔別人的責任，請你們花點時間通通腦子，要不然就是再有死傷，不准跟昨天晚上一樣鬼吼鬼叫的，全都怪到安身上！」

這兩個人搞半天是在幫我出氣啊？呵，我輕哂，我心中多少有點不滿，但是也懶得去跟遭受打擊的人爭辯；米粒是我男人，當然是護著我，而彤大姐呢，她這人是非分明，或許早就不滿班代他們的怪罪了。

卿卿用一種詭異的眼神看著大家，雖然看起來很正常，但眼神卻透露著一種空洞，而班代則明顯在隱忍，他雙拳握滿，別過頭去不發一語；唯有阿木肯定的點頭，他似乎一夕之間成了領導者。

其實如果易地而處，我也會選擇跟著別人走，因為自己只是一群沒經驗愛鬧的大學生，為了無聊的探險已經送走兩條人命，接下來會發生什麼事根本無從得知，而且也沒有能力。

有一行人，曾用法器阻擋過死靈大軍，又有遠古的鬼魂相助過，不跟他們要跟誰？就算他們身後有厲鬼追殺，也要賭五五波的生存機率。

「那走後面。」米粒睥睨著他們，沒好口氣，「走彤大姐背後！」

「至少讓卿卿走中間吧！」班代力爭著，誰都不願走最後，萬一出事總是比較不容易被人發現。

「讓卿卿過來吧。」我先開了口，以免米粒拒絕。

他不悅的瞟了我一眼，某方面來說他真是個公正的人，連討厭也不分男女。

卿卿被安排在我跟彤大姐之間，阿木走在彤大姐身後，班代則殿後，我打量過卿卿，嬌美的容顏憔悴，她有點恍神也不愛說話，但都聽得進去。

米粒說他有試著標記方位，至少別走回昨天逃難的地方，因此我們決定往東走。

東方……我不由得皺起眉，心裡湧出一種沒理由的厭惡。

我們排成一縱列，每個人都眼觀四面耳聽八方，但是依然只瞧見昏暗的天色、數不清的樹木，跟不見盡頭的路。

「咦？」我身後突然傳出聲音，回頭輕瞥，卿卿停下了腳步。

我們跟著她的視線往左望過去，瞧見遠處的密葉之中，有一條繩子懸掛在高樹之上。

繩子拉得很緊很直，不過從這個角度看過去，也真的只能看見那根繩子的上端而已。

「我不怎麼想知道繩子另一端是什麼。」彤大姐悻悻然的說。

「我也不想好嗎？」這不是我們進樹海以後遇到的第一具屍體吧？

說時遲那時快，卿卿竟然邁開步伐，一路往繩子的方向衝過去。

「卿卿！」班代跑得比誰都快，直接往後頭追去。

「班——」阿木連拉都拉不住，只好跟著跑。

我們三個人呆站在原地，區區三秒之內，隊伍就散了。大學生們瞬間消失在樹林當中，但是我們還聽得見他們的叫喚聲。

「所以？」彤大姐看向我們，像是在詢問我們繼續前行？還是要去找他們。

「趁這個機會分開也好。」米粒淡淡的回應，「別說他們怕被我們連累，我才擔心他們幾個連累我們咧！」

我知道米粒對班代他們有多不滿，探險、試膽這類的事情，似乎踩到他的底線了。

所以我們拉緊背包，決定繼續我們的路程，就此分開，或許對班代他們是好事也不一定。

只是我不解，為什麼卿卿會衝向那個方向？

朝著我們自訂出來的東邊走沒多久，淒厲的尖叫聲便從樹海裡發出來，我們瞬間停下腳步，並認出那是班代的聲音。

每個人都望向聲音的來源，最後互相交換了眼神。

「我說，」米粒率先邁開腳步往回走，「我非常討厭那群大學生！」

「呵……我知道我知道！」我也綻開笑顏，跟著他身後奔跑。

彤大姐笑得最誇張，「這種最機車了，讓人家放不下心。」

「妳還敢講，妳還不是想去救人？」我打趣的說道。

「我才不想咧，我想去看為什麼卿卿要奔向屍體！」彤大姐說得義正辭嚴，還唱起老歌來，「奔向陽光、奔向屍體～奔向上吊的屍體～」

喂！我跟米粒不約而同的笑了起來，對於在這種情況下大家都能一笑置之，其實是個好現象。

只不過幾分鐘後，我們就笑不出來了。

繩子是個標的物，讓我們不至於迷路就能追上班代他們，還沒抵達空中就傳來一股腐敗味，表示繩子上頭還掛著屍體，或是因為頭頸腐爛後，屍體落在下頭。

抵達時，卿卿站在那兒兩眼發直的瞪著上吊的人，阿木跟班代都嚇得無法動彈。

那是一具腐爛發臭的屍體，懸吊在繩子中間，全身爬滿蛆蟲，根本已經看不清面貌，爛掉的肉泥與發臭的黑色血泥往下滴落，染黑了樹根附近的綠草。

地上布滿了雜物，有鞋子、有水瓶、還有餅乾，最重要的是一堆散亂的紙，像是遺書般的東西。

「這是怎麼爬上去的？」彤大姐讚嘆的說著，「他要自殺前得先……徒手爬三公尺的樹，再……哇！死意真堅決！」

可不是嗎？粗壯的樹幹上沒有太多分枝在低下處，上吊的樹枝是離地面最低的一枝，但是真的超過三公尺高，連我都懷疑死者是怎麼爬上去的。

最令人驚訝的，屍體穿著一件格子襯衫，地上有著一副金絲框眼鏡，腐爛中的下巴還隱約可以看見他生前蓄有山羊鬍。

「這身裝扮……好像在哪裡看過？」米粒皺起眉頭，指了指腰包，「那個紅色的腰包，好像是——」

「那是渡邊先生啊……」班代顫抖發出聲音，「這個是渡邊先生！」

咦？對啊！我們紛紛倒抽了一口氣，這個吊在樹上腐爛的人是渡邊先生？對，從衣著與裝備來說，的的確確像他。

但是，這具屍體再怎樣也超過三、四天以上了吧？肌膚都已經發黑，細菌生成的氣體讓身體爆裂，出水流汁，都不是一兩天的事。

跟渡邊先生走散，僅僅是昨天的事。

到底是我們的時間被樹海干擾了？還是……

米粒大膽的前進，彎身拾起草叢飛散的遺書一頁，上頭寫得亂七八糟，看來只是草稿，但是有壓上日期。

七天前。

「他七天前就死了？」我一顆心跳得飛快，「我們被困在樹海裡多久了？」

「我感覺是一天一夜。」米粒凝重的說著。

「無論如何，他不可能死了才來當我們的導遊吧？」阿木不可思議的嚷著。

「你沒聽過 Nothing is impossible 嗎？」彤大姐還有時間機會教育，「我都看過被勒死的人回來跟你打招呼，還吃王子麵呢。」

「彤大姐。」我叫住她，拜託別再嚇人。「那時是被海魂困住，跟現在……」

哪裡不一樣？

我們被困在特殊磁場的樹海裡，有哪裡不一樣？

這裡自殺的、後悔自殺的、活活餓死的、瘋狂而亡的死靈無以計數，怎麼會不一樣。

「他死後為什麼要繼續當導遊？」米粒懷疑的是這點，回身拉過卿卿，「卿卿，妳為什麼知道這棵樹下是渡邊？」

卿卿茫然的轉過來，淚水緩緩淌下，伸長了手指向斜前方。「因為，他一直都跟著我們啊……」

第六章・木花開耶姫

什麼──我們瞬間跳起，顫慄的看向卿卿的方向。

大樹後，果然隱隱約約有一個人影。

「站出來！」米粒大喝一聲。

那人真的站出來了，他慈眉善目的看著我們，該死的還真的是渡邊先生。

「嗨！」

我們不由得向後退卻，離往前走的渡邊先生越遠越好。

很多想法在我腦子裡打轉，我突然想到，帶領我們離開小道的是他，讓我們到木花開耶姬的碑前的也是他，正因為如此大家才會迷路。

最讓我訝異的，我們竟然不知道渡邊先生一直尾隨著我們……樹海真能使五感封閉，包括我們對鬼曾有的敏銳感受嗎？

或是……身在這個隨時有鬼的空間，讓我們麻木了？

「站住。」米粒緊握某樣法器，「你已經死了，我們不能為你做些什麼。」

「不。」渡邊先生微微一笑，轉向面對我，「是我得做些什麼，耶姬公主。」

我瞪大雙眼，連他都叫我耶姬！

「她叫安。」米粒用標準的日文說了一遍。

「不，不，她是耶姬公主，怎麼死都死不了啊……」渡邊先生很疑惑的問道，「明明就已經斬下妳的頭顱，高高的插在長矛上了啊……」

戰鼓聲，適時在遠方咚咚咚的響起。

「這一次，一定要殺了妳，一定要——」渡邊先生跟猛獸一樣跳了起來，朝我們撲了過來。

米粒飛快地回身護住我，而另一個人影迅速的衝過我身邊，耳邊響起的是班代及卿卿的尖叫聲。

然後，是渡邊先生的慘叫聲。

我全身不住的顫抖，自米粒懷間睜眼，越過他寬闊的肩頭，看向彤大姐的背影。

她手持雨傘，傘柄尾端的銀色尖處，毫不客氣的戳進了渡邊先生的右眼。

那把雨傘我認得，是我們在巴東海灘遇上海嘯的亡靈時，她拿一堆加持過的符咒貼滿的；事情結束之後，她一點也不在意那上頭沾過多少死靈氣息，堅持要帶回家當紀念品。

我沒想到，她這次又帶出來了……是用傘套包著，插在背包旁邊的那把嗎？難怪就算下雨她也不願撐開。

「動不動就想殺人，你以為你很威嗎？」彤大姐使勁力氣，再繼續往他頭骨戳，貼在雨傘上的符紙是米粒給我的，由高人親自加持，非常具有效力。

而渡邊先生的頭部正在燃燒，它慘叫著，試圖推開彤大姐。

只是雙手一碰到彤大姐，又是哀鳴，它的雙手燒了起來，彤大姐抬起腳抵住渡邊先生的肩頭，一骨碌把傘抽起，順便將它踹了向後。

傘尖上插著渡邊先生的眼球，她嫌惡著轉向米粒。「這是靈體，所以眼球最後會消失吧？」

「……會。」我可以感覺到米粒頓了一頓，連他都膽戰心驚。

「搞清楚，要砍我朋友得經過我允許！」彤大姐一腳再踹向渡邊先生，趕緊轉身，「走吧，鼓聲越來越近了。」

「噢……好！」所有人都目瞪口呆，根本就忘記要逃命。

我嚇得手腳無力，被米粒牽著往前奔跑，途中我望著在眼前的彤大姐，她到底是在想什麼？

彤大姐是準備齊全才來的，她嘴上說得漫不經心，可是她是真真切切的知道這趟旅行的危險度，仍堅持前來。

我們開始聽見馬蹄聲了。

「停下來！」阿木忽然大喊一聲，把班代跟卿卿拉到另一邊去。

「什麼？」我們都還丈二金剛摸不著頭腦，看著他們停下。

「我不知道原因何在，但是它們認定妳就是木花開耶姬對吧？」阿木手裡忽然亮出刀子，連班代都是，「只要把妳交出去，我們就能逃過一劫了！」

「你們這些——」米粒上前一步，班代卻更快的揮舞刀子，在米粒手上劃出一道傷口。

「喂！」我緊張的上前，阿木的刀尖卻直抵我喉口。

我只能看著鮮血從米粒手上流下，我卻被步步的逼退。

「無冤無仇，但我很抱歉。」阿木流著淚水望向我，「真的不能因為妳拖累任何人……」

連卿卿都壓制彤大姐，她的眼神帶著一種妖魅，手中的瑞士刀一而再再而三的想要劃開她的皮膚。

「滾開！」彤大姐大喝著。

「妳的血……看起來很好喝……」卿卿用力嚥了口口水，「我好渴喔……」

「好渴？好渴喝我的血幹什麼！」彤大姐氣急敗壞的嚷著，「妳是不是吃了甄甄水果變得怪怪了啊！」

我尚且不懂卿卿的變化，電光石火間，阿木竟伸出手，使勁推了我一把。

「安——」彤大姐瞪圓雙目的朝我這兒奔來，我那時還搞不清楚怎麼回事。而我的腳踩不到地。

回身，才發現原來我身後沒有路，那是一個高落差崖的小山壁，雖然其間都是樹木，但是這兒有個幾公尺高的落差。

我往下摔去，最後看見的是，被班代推下的米粒，也騰空離開了地面。

——炎亭！

※　※　※

「公主！」

有個焦急的聲音自遠處傳來，伴隨著奔跑聲，「耶姬公主！妳沒事吧！」

我睜開眼，發現倒在地上的自己，還有身上那繡著金線的精美和服。許多人奔跑到我身邊，有個黑髮少女憂心忡忡的看著我。

「扭到腳了嗎？」她一臉快哭出來的樣子。

「沒有。」我坐起身，突然認識眼前的少女，「小夏，我沒事，不要慌慌張張的。」微微一笑，我甚至不明白剛剛怎麼閃神了，竟然有種靈魂出竅的錯覺。

我是武田耶姬，不僅僅是一個大名之女，還是這個甲斐之國的神女。

「您別嚇我啊！」小夏慌張的將我扶起來，「下次別走那麼快嘛。」

「啊！」我覺得膝蓋有些發疼，「好痛喔！」

「咦？轎子！轎子！」小夏緊急的往後頭大喊，四個轎夫立刻將轎子扛來，好讓我坐上。

「怎麼了？」婆婆趕了過來，那是從小就帶大我的奶娘，「哎呀，公主，怎麼這麼不小心呢？」

「我跑太急了，對不起嘛。」我向婆婆撒嬌般的說著。

只是出來晃晃而已，但我身邊永遠都跟著幾十個隨從，小夏大我兩歲，六歲時經過重重考核才能當我的貼身侍女，因為想當我的婢女人選，實在多得不可勝數。

我出生那晚，天雷鳴動，古老的祭司預言，甲斐的守護神——木花開耶姬將在今晚誕生，她會擁有花容月貌，無人能敵的能力，上可與神祇聯繫，下可鎮壓鬼魅，擁有她的國度，將永盛不衰。

這就是我，武田耶姬。

在我出生之前，鬧了好幾年的旱災，但我出生後風調雨順，百姓安和樂利，城邦也越來越富有，逐漸證實了木花開耶姬轉世的說法。

而我，也的確看得見魍魎鬼魅。

看得見它們，能與它們溝通，但是我並不喜歡，太多無法升天的鬼魂都懷有執念，而我厭惡那些令人作嘔的執念。

但是身為神女，我有我的職責，我必須代替人民向天祈福，一年中必須在廟裡齋戒四十九天，必須主持祭典，一個月必須有一天聆聽人民的祈願，並且賜福予民眾。

老實說，能喘氣的時間並不多。

「耶姬公主，想吃些梨子嗎？」回到城裡，小夏忙進忙出，「我早上先放在井水裡冰鎮過了。」

「好啊。」我悠悠哉哉的坐在榻榻米上，醫生正為我檢查腳傷。

「我去拿好了。」最靈巧的虹子起身往井邊去，她也是我很喜歡的侍女之一，很常跟在婆婆身邊。

不過我最最喜歡的還是小夏了。

「公主只是撞傷，沒什麼大礙，這兩天不要亂動就好了。」大夫為我敷上冰涼的草藥，裹上繃帶。

「謝謝大夫。」我禮貌的回禮，眼尾瞥向角落徘徊不定的幽魂。「志乃！拿鹽往角落撒撒。」

「咦？」志乃怔然，有點戒慎恐懼的行禮，起身去拿鹽巴。

志乃是我身邊的侍女中最不起眼的一位了，非常安靜，總是樸素得驚人，束了一綹長髮在後，也老是帶有紊亂感，小夏說那是她天生髮質就不像我這般柔順罷了。

除了小夏跟虹子外，其他都是母親大人安排的侍女，志乃雖不愛說話，也很不會說話，但是非常非常的勤快，我沒有什麼理由嫌棄她。

我愛熱鬧，喜歡聽豐富的讚美，喜歡人民因我的祈禱而變得健康，希望國土因為我的緣故而變得富庶。

這是我的領地，如果我的出生是為了讓大家過得更好，那我就要善盡我的義務。

父親大人說過，我的義務是要讓甲斐延續下去，這是我的天職。

小夏跪到我身邊，切了一口梨子給我吃，她總是眉開眼笑的，彷彿伺候我是多麼令人喜悅的事。

「好甜喔！」我開心的嚼著口中多汁的梨。

「公主喜歡嗎？小夏再多削幾個給您吃！」小夏愉悅極了，我趕緊搖搖頭。

「妳們也切去吃吧，這麼好吃的東西，放久就不新鮮了。」

小夏聞言，先是一陣錯愕，然後必恭必敬的跪在我面前，叩首。

「謝謝公主。」她抬起頭時，熱淚盈眶，「小夏能夠服侍公主，真的是我這輩子最大的榮幸。」

我淺笑，這是很多人的心聲，但是每次小夏總說得我有些飄飄然。

盛夏的午後，我吃著水梨跟羊羹，侍女們彈琴唱歌給我聽，一旁有和服師父正在為我量身，我需要更加華麗的和服來襯托我的美與身分，因為……我已經有了心上人。

對方是板垣大將的長子，雖然是父親的命令，但我卻對他一見傾心。

板垣大人不但長相俊美，更是文武全才，精通樂音舞蹈、詩詞歌賦，又是英姿颯颯的將領人才；我曾陪他練習射箭，箭箭穿紅心；觀看他與手下的比劃練劍，招招凌厲。

小夏說，她沒見過這樣完美的搭配，我跟板垣大人簡直就是天作之合。

我總是為此滿臉通紅，但其實心裡很開心，而且父親大人已經開口，明年初春，就讓我們完婚，我將正式成為板垣大人的妻子。

我抬首望天，最近天有異變，聽說動亂越來越嚴重，敵對勢力勢如破竹，許多地方都已淪陷，父親大人最近也十分的著急。

沒關係，甲斐有我在，我是木花開耶姬，有我在的國度，必定延續富庶！

※　※　※

大火延燒，波及到了城池，火光甚至染紅夜空，所有的農田與房舍付之一炬，就連壯闊的城池也已頹圮！

我狼狽的由小夏及一支軍隊護送，逃到了深山野嶺。途中跟父親及母親大人分散，幸好已經商量好會合的地點，人少總是比較好逃。

鄰邦陣前倒戈，與敵軍包夾了我方軍隊，據逃回來的軍官描述，紅血浸濕了土地，我軍屍首連綿無邊際，場面哀戚驚人。

我想起我的板垣大人，他也是率軍出征的人，但是始終沒有回來……就算回來了，他要去哪裡找我呢？城堡被火吞噬了，剩下的只有焦屍與敗壞的城牆，他該去哪裡找我呢？

「公主，渴嗎？」小夏含著淚，她的父母已經被倒下的樑柱壓死了，忍著悲痛還在伺候我。

「不渴。」我推開水，「妳喝點吧，妳嘴唇好乾……」我回首看向臉上都是黑炭的侍女們，「讓大家都喝點，志乃，妳幫忙分水。」

「公主，妳先喝吧！我們趕了這麼長的路……」小夏急欲要餵我喝水。

我擰起眉，制止她湊近的手，「小夏，妳們是為了保護我而存在的，妳們倒下去的話，誰帶我到安全的地方？」

小夏哭出聲來，顫巍巍的喝下我賜的水，志乃用一種詭異的眼神望著我，裡頭帶著種奇異的情愫，但仍舊恭恭敬敬的朝我行禮，之後開始將水分給侍女及士兵們。

我們躲在樹林裡，誰也不敢妄動。

敵軍掃平了我美麗的城池還不夠，他們衝著我來，要生擒木花開耶姬，當眾斬首，以儆效尤。

因為有我這個神女在，甲斐就會延續，這個城邦將永遠不會落入敵人之手！敵方不相信我這個神話，他們有自己信奉的神，他們要把我殺了，破除所有人的希望，將我的頭插在長矛裡高高舉起，告訴大家，木花開耶姬已亡，沒有人會再庇護你們了。

我，絕對不能被抓到！我是大家唯一的希望！

「公主，前方有個村落，我們可以在那兒稍事休息，度過一晚。」一名兵士前來稟報。

「村落……是我們的嗎？」

「應該是。」兵士為之一頓，「不過已經被滅村了。」

「滅──」

「是的，燒殺擄掠，只剩幾間屋子勉強還能住人。」兵士跪在地上，頭低垂著，「請公主稍等，我們正在清理。」

我絕望的閉上雙眼，也只能這樣了。「嗯。」

我回首望去，我幾乎見不著大家的臉，只知道連趕了三天三夜的路，大家都很疲憊。起初我還有人扛著，但扛著我的轎夫絆倒扭了腳，就被扔下了……我不該扔下我的子民！

不該啊！我緩步輕移，在林間走著，我突然有些恍惚，之前我也在林間玩耍時，也曾有這種感覺……彷彿我不再是我，我好像是另一個人，我站著，然後……

一陣冷風颸過，引得我一陣哆嗦，倏而清醒，卻發現四周一片漆黑，伸手不見五指！我只能在無星光及明月的夜晚，摸黑前進。

燈籠呢？我剛剛還提著的……人呢，應該跟著我的人怎麼一個都不剩了？小夏到哪兒去了？

沙……沙……有些細微的聲音傳來，似是有人撥動草叢的聲音。

「媽媽……」

有人扯住了我的裙襬。

我嚇得往下望去，卻記得該摀住嘴，千萬不能叫出聲——敵軍緊追在後，絕對不能暴露行蹤。

「媽媽呢？」有個女孩子，不知何時竟也站在草叢裡，緊緊拉著我的衣裳。

我瞪大了雙眼，望著那楚楚可憐的女孩，我當然知道為什麼那女孩的身影有些模糊，周圍還泛出些光粒。

這個呼喊著媽媽的小女孩，並不是人類。

在這荒山野嶺中，若非不得已我也不會在這裡，更不可能會有走失的小女孩……

更別說，這塊地，不該有任何生還者！

是那個村子留下來的童鬼嗎？

「媽媽呢？」小女孩竟皺起眉，好像對我的無回應感到有點不悅。

我只能摀緊嘴閉上雙眼，別過頭去，試圖不理睬的往前走！拉緊自己的裙襬，用力扯離了小女孩的手，往另一個方向而去。

只是才轉過身，卻差點撞上一個人高馬大，一樣泛著微微藍光的男人。

「妳要去哪裡？」他皺著眉，手裡拿著斧頭。「妳不是應該保護我們嗎？」

我？我應該要保護他們！可是現在、現在這種情況，我都自身難保了——瞬間，闃黑的草叢中，倏地出現點點藍光。

所有的鬼影一一浮現，他們身上或插著箭、或被砍得肚破腸流、或是身首異處，全部塞滿她的視線範圍，哀鳴著。

我知道……我知道大家都很痛，我知道大家喊著為什麼，戰爭毀掉了一切，家園、親人、甚至性命！但是我現在什麼都做不到，我只能拚命的搖頭，淚水不停地被擠出來，全身不由得顫抖著。

拉著裙襬的小手又搖了搖我，「妳看！」

小女孩指向遠方，遠處火光沖天，點點火把照亮黑夜，隱約的，還可以聽見戰鼓聲！我倒抽一口氣，敵軍追到了？

「誰也不該闖入我們的家園。」執斧的男人低沉的咆哮著，「妳怎麼可以放任這種事情發生！」

鬼魂們朝著我聚集而來，密集的向我湧來，他們質問著、他們怒吼著，我卻恐懼的不停顫抖，心裡想著的是小夏、想著的是我深愛著的男人——

「啊——」

「公主！」小夏的聲音傳來，身後的草叢窸窣作響，「公主！妳怎麼跑到這麼遠的地方來？」

我回首，鬼影們已消失了。「他們……被殺死的村民們！」

「公主，我們得快走，他們追上了！」小夏慌亂的低喊著，我拉高礙腳的裙襬快步走著，前方的將士們個個緊張的往這兒望過來，然後我瞧見了一個熟悉的身影。

那個男人從人群中緩步走來，他穿著盔甲，手臂上綮著白布，但是我認得……我認得他就是我朝思暮想那個男人！

我不顧一切的飛奔而去，撲進他的懷裡！

「板垣大人！」我緊緊的抱住他，「我以為你已經死了！我以為……」

「公主……」板垣大人溫柔的撫著我的臉龐，「我沒事，我回來了！」

我真的是泣不成聲，我作過太多可怕的惡夢，夢裡的板垣大人都被萬箭射穿，在血泊中呼喚我的名字，我甚至已經認定他不會再回來了！

而我曾祈禱著，就算他死了，也請讓他的英魂回到我身邊。

幾名兵士前來報告，板垣大人擰眉聆聽，緊繃的氣氛蔓延著，我只能聽著他的心跳聲與戰鼓聲一樣隆隆作響。

「情況非常危急，我們必須先保護公主離開。」板垣大人凝重的發號施令，「主公已經在安全的地點等待了，必須要讓公主平安的抵達才行！」

我淌著淚，還要有更多人的犧牲？

「板垣大人，不能全部都走嗎？」我扣住他的手，「我不希望再有人死了！我也不想扔下任何一位子民！」

板垣大人凝視著我，眼底帶了悲憐，輕柔的再度撫上我的臉龐，「只要妳留下來，就不需要其他人的犧牲。」

咦？我圓睜雙眸，聽不懂他的意思。

「板垣大人！放肆！你想出賣公主嗎？」小夏立刻衝到我面前，雙手呈大字型的護住我！

「怎麼可能？確保公主安然無事，是我唯一的責任！」板垣大人忽然掠過我身邊，走向了志乃，「神女公主，請隨我們離開。」

第七章・嘆きの幽冥

我的腦子一片空白了！我不懂……為什麼板垣大人對著那平凡的志乃喊神女？我才是神女不是嗎？我應該才是這個國家唯一的神女。

「當年夫人生下公主時，為了讓真正的神女能夠平安，並且不在眾人的愛戴下成長，所以決定選擇了以替身代替。」板垣大人語重心長的對著志乃解釋，「當晚有一位婢女恰巧也生下女兒，因此大人決意將孩子掉換，讓婢女之女代替您被供奉為木花開耶姬，而讓您成為侍女，待在她身邊。」

板垣大人在說什麼？怎麼可能？他說我……我是婢女的孩子！志乃才是真正的神女公主？

「唉！」志乃竟嘆了口氣，「我隱約感覺得出來，因為我聽得見神在說話，也聽得見鬼在低泣，我一直知道自己身負重任。難道時候到了嗎？」

「時候到了。」板垣大人恭敬的跪拜，起身後吆喝將士們，「這位才是真正的耶姬公主，務必要護送她與大人會合！」

現場一片訝然，但是沒有人質疑板垣大人的話，所有人只是震驚般的望著我，再恭敬的看向志乃。

而我……我的腳彷彿生了根，竄進地面般動彈不得，所有侍女都以不可思議的眼神望著我，再望向那明明不起眼的志乃：真正的木花開耶姬！

在說笑的吧？板垣大人怎麼會在這種危急時刻開玩笑呢？

「騙人！這是騙人的！」我扳住小夏的手，「小夏！妳告訴我，這——」

餘音未落，我竟被小夏狠狠的推開，狼狽的摔落在地！

「開什麼玩笑！」小夏滿臉是淚的嘶吼著，「我付出全心全意，竟然讓我侍奉一個假貨十幾年？」

假貨？我？小夏說的是我嗎？我望著站在上方的她，她眼底的尊重與崇拜已然消失，剩下的是不甘心與憤恨。

還有一股鄙夷。

下一秒，她抬起腳就往我身上踹來，毫不留情的像踐踏仇人般的踹上我的身子。

「假貨！妳竟然敢騙我！」

「小夏！」板垣大人的聲音傳來，一把將小夏拉開，「妳在做什麼！她是最重要的人！」

「我要侍奉真正的神女！你們怎麼可以……讓我崇敬一個什麼都不是的東西！」

小夏歇斯底里的嘶吼著，我感到我的心開始龜裂。「你們欺騙我的情感！太過分……

太過分了！」

「不，小夏，妳身負重任，妳必須證實她是真正的神女！」

「什麼？」

「妳要把她獻給敵軍，妳是神女的貼身侍女，他們會相信妳的！」板垣大人的聲音好像越來越遠，趴跪在地上的我，淚水不停的滴落。

原來，這一切都是設計好的。

我跟小夏只是犧牲者而已，無論如何，我們兩個都會一起走到最後。

我代替真正的公主活了十八載，以神女的身分受到民眾愛戴、以木花開耶姬的身分享受錦衣玉食的生活，為的就是保全真正的神女。

這場戲做得很逼真，長達十八年的戲啊，所有人都認定我是唯一的神女，但其實真正的公主就在我身邊。

最後我必須償還這一切，以死來償還！

「起來吧！妳該盡妳的義務了。」板垣大人一把拉起我，將我架好。

我茫然的雙眼望向前方，志乃正在那兒睇凝著我。

「不是妳的錯，這是命運的安排。」她幽然出口，「下一世，妳一定要過得更好。」

下一世？淚水自眼眶竄出，我為什麼還要有下一世？身為人太痛苦了，我為什麼要再嚐盡這種痛！

這些人憑什麼如此擺布我的人生？讓我從雲端跌進地獄裡，並且還要我以榮耀的心、虛假的身分往死裡去！

怒火自身體裡炸開，我不知道哪裡來的衝動，竟直直的撲向志乃，我恨她、恨這個國家、恨操弄我人生的人！

我撲倒志乃，兩人一陣扭打，但很快就被士兵分開，他們極度驚恐的看顧志乃……那應該是我享受的權利，可是卻沒有人再來關心我了。

「放肆！」有人大喝著，長矛指著我，「竟敢對神女不敬！」

「住手！」志乃大喝一聲，不怒而威。她坐起身，整整凌亂的髮，臉頰被我手上的飾品劃出了一道傷口。「她仍然是耶姬，不許你們不敬。」她下著令，然後緩緩站起身。

我讀不出她望著我的眼神，最後她只是抹去了臉頰上的血，轉身離去。

她在簇擁與保護下離開，而我呢？剛剛還在為板垣大人的歸來欣喜若狂，須臾之間，我失去了情同姐妹的小夏、失去了愛人，還失去了身分——我到底是什麼？現在連我自己都不知道了！

我有名字嗎？耶姬是我真正的名字嗎？

「你愛過我嗎？」我無力的抬首，看進板垣大人的眼底。

我知道我現在很卑微，懦弱的問著可笑的問題，並且祈求一個高高在上的男人給我答案。

我好愛好愛板垣大人，直到海枯石爛，我只要聽見他的聲音就會狂喜，看見他的身影心窩就會湧出糖蜜，我幻想著成為他的妻子，要為他生下多少子嗣，要如何一起相伴到老。

結果，他什麼都知道……他早就知道我是個假貨，一個婢女的孩子，身分地位遠不及他，還讓他虛與委蛇的與我相處。

他是怎麼看我的？是否總是在心中嘲笑我！嘲笑一個自以為是的下等賤民，以為穿上了華服就真的是公主了！

為什麼要這樣傷害我？為什麼！

黑暗中看不見板垣大人的眼神，他不苟言笑，但並沒有避開我的眼神。

「妳是我的職責。」他平穩的開口，「公主，妳的確是大家的希望，唯有讓妳引開敵人的注意，真正的神女才能逃出生天。」

「不要再喊我公主了！」我歇斯底里的尖叫起來，那兩個字比他手上的刀劍還要銳利，輕而易舉就能劃開我的心！

「妳是公主，生與死都一樣。」他突然緊扣著我的手，「因為有妳，甲斐才得以延續。」

啊啊……是這樣嗎？父親大人常對我說的就是這句話：妳的義務，是為了讓甲斐延續。

我是犧牲品，為了讓真正的木花開耶姫活下來，才能讓人民延續。

這樣的延續我寧可不要！我為什麼連選擇的權利都沒有？我不要奢華的生活、不要被人奉為神女、也寧願是個婢女……可是、可是這樣子，我就無法跟板垣大人在一起了……

心好痛，我竟是如此的深愛著板垣大人，也因此更加痛恨著他！

「我們往東方走，引開敵軍的注意。」板垣大人召集了一小隊兵馬，架著我往東方走去。

我宛如行屍走肉，失去了思考能力，也失去了生命的意義。

碎步聲滑過長草，婆婆跟幾名婢女竟然尾隨在後。

「妳們做什麼？還不快跟著神女公主走？」

我回首，雙眼已空洞茫然。

婆婆抬起頭望著我，帶著幾分的悲憐。

「神女公主就在這裡。」婆婆行了禮，便往我身邊來，「這是婆婆一手帶大的神女公主，到哪兒都得跟著公主。」

更多溫熱的淚水滾出我的眼眶，婆婆用衣袖為我抹去淚水，我一句話都說不出來。

為什麼淚水如此的溫暖，而我的心卻宛如寒冬的冰湖？

「別哭別哭。」婆婆一如往常的溫柔，「哭了就醜了，公主怎麼能這樣呢？」

「我不是……」

「妳是，怎麼不是。」婆婆堅定的望著我，「妳從出生開始，就注定到死都是公主。」

呵……呵呵！哈哈哈哈……是啊！是啊！婆婆說得真是一針見血！

從我呱呱墜地的那一刻起，我就注定是耶姬公主，以木花開耶姬的身分成長，也將以木花開耶姬的身分死亡。

這是多麼值得高興又多麼悲哀的人生吶！

為什麼要讓我知道實情？如果橫豎得死，那我寧願被蒙蔽一輩子，寧可帶著這樣的錯誤被敵軍斬首，我將心甘情願！

我心如同槁木死灰，跟著隊伍前行，小夏已經不在我身邊了，她用一種嫌惡憎恨的神情瞪著我，走在最後方，根本不願意上前。

反而是婆婆和虹子跟在我身邊，亦步亦趨，跟以前一樣，把我當個神女般照顧與侍奉。

只是我已經不值得擁有婆婆或是任何一位侍女了，我只是個普通人，甚至跟她們的地位是一樣的……

「有水聲，去窺探！」板垣大人忽地要大家止步，派出兩三個人前去探查。

數分之後，將士歸返，確定附近有一條小溪，溪邊無人煙，所以我們便決定在溪邊留宿。

我被安置在一棵大樹下，那是棵粗壯的大樹，得要三個人才能環住，樹幹凹凸不平，結成樹瘤般的模樣；我敲了敲樹幹，傳來渾厚的回音，貼上大樹，能感覺到樹木的香氣與一種溫暖傳來。

我明明也感受得到萬物的，為什麼我偏偏不是神女？

婆婆跟虹子她們都坐在我附近，小夏離我好遠好遠，板垣大人一雙眼瞬也不瞬的盯著我瞧，我知道這名為守護，事實上是一種監視。

他們不准我的叛逃，因為我是真正神女的替身。

枕在凸起的樹幹上頭，我仰望著漆黑的夜空，今晚的夜色，似乎比以往來得更加深沉。

溪水潺潺流動，水聲與蛙鳴交織成美好的樂章。

當所有人都已疲累睡去時，我睜開了雙眸，板垣大人正在小憩，而代替他看守我的士兵已經耐不住疲倦的闔眼。

所以我拉起裙襬，掠過了睡沉的婆婆、虹子，甚至走過了小夏身邊，都沒有人發現我。

當我遠離火堆時，我開始邁開步伐狂奔而去。

我不要代替神女而死，就算我今天非死不可，我也要以真正的身分離開人世！

順著溪流往上，我終於看到了一處深不見底的溪水，沒有絲毫猶豫的走入溪水中；水很冰，但是不如我的心冷，寒意滲進我的骨與肌，最好把我的心一起凍結，這樣我就不會有感覺了。

人為什麼要有所感？為什麼要有七情六慾？

今天如果我沒有感覺的話，就不會因為板垣大人的歸來而欣喜若狂，不會因為面對這樣殘忍的事實而心碎了。

腳下的溪石突然沒了，我腳一滑，直接沉進了溪底。

好冰……好難受……我緊閉上雙眼，卻放棄掙扎。

我要死在這裡，我寧願自盡，我——忽地一雙手抓住了我的後頸衣領，直接把我拉出了水面。

我神智已然迷惘，聽著由遠而近的叫喚聲，忽然間吸到了空氣，吐出了一堆水。

婆婆的臉就映在我面前，帶著擔憂與憤怒。

「妳怎麼能這麼自私呢？」她氣急敗壞的吼著。「妳不能現在死啊！」

「橫豎都是一死，有差這一刻嗎？」我歇斯底里的喊著，心裡痛得無法承受！為什麼連死都要有人阻止我！

「有。妳必須被敵人活捉，公開的斬首！」板垣大人就蹲在婆婆身邊，他的衣裳是濕的，是他救我起來的，「妳生來就是為了這一刻的犧牲！」

「我為什麼非得犧牲自己？為什麼是我！」

「這是妳的宿命。」婆婆幽幽說著，撫著我的臉龐，「如果有下輩子，請為自己而活。」

為自己……我現在就想為自己而活！

虹子急急忙忙將毯子裹到我身上，我可以瞧見大家都為此鬆了口氣，替身若是意外身亡，對他們、對父親及母親大人都會是一種困擾吧？

我吃力的想要站起，板垣大人卻一把橫抱起我。

我推拒，但無濟於事。

這是我第一次離板垣大人這麼的近，第一次被他抱著、第一次偎在他懷裡，但是卻是以一個囚犯的身分，我的淚水再次不聽使喚的滾落。

悲傷會讓我發瘋，我好想停止這種撕裂我心口的痛楚。

回到大樹下，婆婆她們為我更衣，這一次的守衛更加嚴謹，我沒有機會再逃脫；不經意對上小夏的眼神，她冰冷的瞪著我，彷彿在說：拜託不要給大家添麻煩。

大概是自殺未果，我那夜睡得很沉。

天未明我們就動身了，持續往東方去，戰鼓聲越來越近，敵軍似乎連夜趕路，大家在這片樹林裡逃亡與追趕。

終於在第三天晚上，板垣大人接到了飛鴿傳書。

「神女公主安全了！」他鬆一口氣般說道。

在我耳裡聽來，是說：妳的死期到了。

他燒掉信件時，終於抬首看著我，所有人不約而同的朝我望來，接下來便是我該盡「責任」的時候了。

「必須讓敵軍停止追趕。」板垣大人用毫無情感的口吻說道，「我們要前去主公那兒會合，而妳必須引開敵軍的注意。」

「我也要一同前往！」小夏急急忙忙的衝到板垣大人面前跪下，「請讓我跟你們走！」

「不，小夏，妳還有未竟的責任。」板垣大人竟拿了把刀子交付到小夏手中，「押著公主送給敵軍，然後趁機逃回來——屆時，妳還是神女的貼身侍女！」

「真的嗎？」小夏原本黯淡的雙眸亮了起來。

原來誰是神女她根本不在乎，她在乎的只是那個名稱。

「你不怕我把真相抖出來嗎？」我冷冷的說著，恐懼似乎再也不能侵蝕我了。

「有小夏在，這不會是問題。」板垣大人看向婆婆她們，「妳們……也跟著神女走吧！」

「咦？為什麼？」我訝異的望向婆婆，「她們不能跟著你們走嗎？」

「神女身邊不可能只有一個小夏，這不合理。」板垣大人擰著眉搖頭，「必須讓小夏引敵人找到妳，妳身邊一定要有婢女！」

「不！」我緊握雙拳，「難道我一個人的犧牲還不夠嗎？為什麼還要牽扯其他人！」

「耶姬……公主。」婆婆溫和的說著，「婆婆沒關係的，婆婆早就做好準備的。」

早就做好準備？為什麼人要為莫須有的死亡做好準備？

我拎著汪汪淚眼，深吸了一口氣，堅定的對著板垣大人，「留下婆婆，讓虹子走。」

虹子蒼白的臉色告訴我，她在害怕，就算她有心理準備，卻也因恐懼而渾身顫抖；虹子才十八歲，沒有理由為了一個假神女犧牲生命。

板垣大人沉吟了一會兒，點了頭，所以我身邊最後只剩下小夏與婆婆。

將士們開始往西邊移動，而板垣大人要陪同我到適合的地點，再引敵軍前往。

冰冷的刀子忽地架在我頸子上，小夏猙獰的臉色湊了過來，使勁推了我一把，「走吧，假貨！」

我開始移動步伐，每動一步，我就往死裡走，每走一步，我心上的裂痕就越來越深。

我十八年來自以為擁有的一切全是假象，我連自己的真名都不知道。

我是個代替品，一個工具似的人，我的身分、地位、侍女跟愛人，通通都是一場戲。

為什麼……要如此待我？

「就到這了。」

身後傳來板垣大人的聲音，接下去的路，就只剩下我婆婆跟小夏了。

「小夏，就拜託妳了。」

「是！為了真正的神女大人，小夏一定肝腦塗地！」她的語調愉悅，就像以前對我說話那樣。

我被她架著，推著身子繼續死亡的路程。

「耶姬公主。」

板垣大人的聲音自遠遠的後方傳來，我停住。

「我是愛妳的。」

這句話瞬間被風聲吹散，被長草的沙沙聲掩蓋，因他回身奔跑的聲音而消失……但是，一字一句，還是釘進了我心裡。

他是愛我的……他對我不是戲嗎？我心痛不止的哭泣，為什麼事到臨頭要跟我說那句話，這樣我連恨……都恨不完全吶！

「妳不要自以為是了，像妳這種人，板垣大人怎麼可能會看上妳！」小夏冷冷的在一旁嘲諷著，「他跟我不一樣，他可是一開始就知道妳是假貨的人！」

是啊，板垣大人從一開始就知道，我不是真的公主。

可是他還是愛我嗎？那是同情還是真實？我已經搞不清楚……也不想搞清楚了。

我們到了某棵樹邊，小夏不客氣的一腳踹倒我，接著警告婆婆看好我，旋即帶著刀，往戰鼓的方向奔去。

不一會兒，火光沖天，吆喝聲與戰鼓聲就在眼前，林間出現刺眼的火光，小夏朝我這兒狂奔而至。

在敵軍出現之前，小夏的刀刃在我頸子上劃出一道血痕，她不客氣的拽著我，直直前往敵軍的面前。

「我——木花開耶姬的貼身侍女！」她拉開嗓門高聲喊著，「為各位獻上神女！」

※　※　※

咚咚咚咚……戰鼓聲激烈的響動著，營火沖天，數以千計的敵軍拎著飢渴的眼神，期盼著鮮血。

我雙手被縛，跪在地上，眼前架了兩根交叉的竹子，我的頭即將架在那上頭，方便頭身分離。

我看得見填充在這些戰士身邊的鬼魂們，它們都是被殺死的人民，緊緊纏著殺害它們的人，怨念無法消散；尤有甚者，我看見一個驍勇的將軍，身後的怨靈已似一座龐大的山丘。

但是，它們難敵殺氣啊！這些軍士們的騰騰殺氣，就足以驚駭能力不足的小鬼魂。往一旁望去，地上躺著小夏的身體，只有身體。

她的頭被高高掛起，吊在軍營門口，這是對叛徒的懲罰，我早就知道，小夏不可能回去……板垣大人知道，志乃也知道，沒有人能入敵營還全身而退。

婆婆佝僂虛弱的跪在一旁，她年事已高，敵軍也沒將她五花大綁，只是縛著雙手綁在一旁的木樁上頭，他們的目光只放在我身上，這個冒牌的木花開耶姬身上。

我的淚水不知何時停了，淚早已流乾，而我的心開始崩落，自裂縫處分開，碎成一塊一塊，再也拼不完整。

「神女——在我們手上！」敵方興奮的吆喝，「如果她真的是神女，就死不了對吧！」

「對！」野獸們像是對血有強烈的渴望，瘋狂的回應著，戰爭可以把任何人變成野獸。

劊子手來了，他磨刀的聲音再也嚇不倒我，現在已經沒有任何事足以驚動我了。

「妳有什麼遺願嗎？」他低聲說著，像是對我最後的尊重。

「如果……有下一世。」我喃喃的開了口，「我不要有喜怒哀樂，要免於恐懼……我不想再有感覺了！」

不會為了板垣大人的到訪而雀躍高興，不會為了他的歸返而欣喜若狂，也不會為了背叛而悲傷，再也不會因為不平的人生而氣憤，而當自己確定往死裡走時，也不會再有畏懼。

乾脆，連愛也不要有好了……可是，我的心剩下最後一塊停泊在原地，那裡面刻著板垣大人最後一句話，他說他是愛著我的；這分感覺我不想要捨棄，極悲之中的些許愉悅，或許顯得我更加的悲哀，但是我卻想要保留下來。

反正我失去了喜悅，愛不愛也不是那麼重要了。

「啥？」劊子手聽不見我的喃喃自語。

「殺！殺殺！」震撼人心的重重叫喊聲傳來，我永遠無法理解，看見一個人被結束生命，是如此值得喜悅的事嗎？

我笑了起來，真有趣，我竟然到這時還笑得出來。

我的頭，被按壓在那交叉的竹子上頭。

「神女公主，這不是針對妳。」敵方的將領站在不遠處的前方，我無法看到他的臉。「要怪就怪妳是木花開耶姬吧！」

不，該怪我自以為是的一生。

「我——」我閉上雙眼，用盡氣力說出最後一句話，「詛咒所有進入這片樹林的人，將永遠無法走出去！」

剎——

其實不會痛，我只是有點昏昏欲睡。

我想，婆婆在我人頭落地之後，應該會選擇咬舌自盡。

『不要有情緒，是妳的願望嗎？』隱隱約約的，傳來熟悉的聲音。『好，我一定達成妳的希望。』

啊……是志乃的聲音。

『這輩子我欠妳的，下輩子我一定會還……』

下輩子？如果有下輩子……我的魂魄飄揚在空中，瞬間急遽的墜落，我嚇得緊閉雙眼，連尖叫都來不及！

「安！」

大手箝握住我的臂膀，我似驚嚇般的瞪大雙眼。

「妳有沒有受傷？」米粒驚恐的臉映在我眼前，「安？」

彤大姐皺起眉，在我面前彈指，「恍神嗎？妳有摔到頭嗎？」

我緩緩閉上雙眼，啊，對了，我叫安蔚甯。

也是耶姬公主，假的。

第八章・儚い恋

「我沒事。」過了良久，我才幽幽吐出這三個字。

我們摔得不深，只有兩公尺的落差，但這斜坡上都是大石塊，所以挫傷與摔傷在所難免。

米粒開始著手為我上藥，而他的小腿被割出一道傷口，不過讓我比較擔心的是他手臂上的劃傷；彤大姐只是扭傷了腳，算是不幸中的大幸。

「妳好沉默。」他深邃的雙眸望著我。

「嗯。」我一樣淡淡應著，腦子裡盈滿著剛剛那一幕幕如夢似幻的影像。

那是否是前世的記憶？我原來曾經是這樣一個悲哀的角色，自出生開始就以一個傀儡生存，甚至還自以為傲。

到了緊要關頭，我就得擔任替身的角色，任由情同姐妹的小夏推出去，好讓真正的神女有機會逃離。

真是悲涼的人生吶！心中的痛楚與憤憤不平的情緒還繞在我腦海中，我與前世的情緒重疊，一時無法放開。

「戰鼓聲沒了耶。」彤大姐豎耳傾聽，「還真準，妳一下來，它們就消失了。」

「它們不是消失，而是在找尋。」我幾乎肯定的說道。

「安……」米粒試著攙扶我起身，讓我倚在他身上。

「應該還能走，只是有點痛。」我皺著眉，撫上他的手臂，「你手臂沒事嗎？」

「只是割傷，不能使力就是了。」他平靜的說著，我很感激我受了傷，才能壓抑他對大學生們的怒氣。

我有些欲言又止，不知道該不該把剛剛看到的事說出來。

此時，我聽見了流水聲。

「聽！」我忽而轉向，「有水！」

「咦？」彤大姐也很認真的聽著，「……沒有啊。」

米粒皺了眉，也搖了搖頭。

「有水的聲音！」我甩開米粒，直朝水聲的方向去。

「安！」

他們還是跟了上來，我拚命的走，我真的聽見流水潺潺，就在附近，就在那高處的下方！

我趕緊攀著一棵在高處的樹，踩上大石來到樹邊，興奮的往下望。

沒有，那兒只有泥地。

但那卻是寸草不生，一條蜿蜒的泥徑。

「這裡嗎？」米粒也挨到了我身邊。

「這裡，以前是一條溪流。」我指了指下方那條有明顯形狀的泥徑，「水很冰涼、很清澈。」

彤大姐也踩了上來，用很狐疑的眼神望著我，然後試著想下去，查看那條泥徑。

「我真的聽見水聲，到現在我還聽得——」我止住了話語，因為從那泥徑裡，冒出了水！

猩紅的血水！

「彤大姐！」我緊張的伸手去抓，及時把她給往上提拎回來。

紅色的水泡開始自泥徑裡浮出，那血的腥臭味瞬間充滿空氣，血水漫流，形成一條血河，它們在流動，它們發出了一般的潺潺流水聲，往前奔流著。

「好噁爛！」彤大姐摀住了口鼻，那惡臭襲人，遠勝渡邊先生發黑的屍體。

血河越來越高，開始淹沒了兩旁的樹根，而被影響到的大樹，綠葉在瞬間枯黑，樹幹變得乾縮，在幾秒內步向死亡。

所以我們往後退，我們離開那條奔流的血河，越遠越好。

旋即出現慘叫聲，好多人重疊的慘叫聲起，我們倉皇失措的四處張望，又見到滿天的火光！

樹海在燃燒！遠的、近的，一大簇一大蔟的火在蔓延，熱浪襲來，讓我們覺得呼吸困難。

而我們四周橫屍遍野，還有好多人正在逃難，而空中的箭矢咻的飛至，射中了哭喊著媽媽的小孩。

有好幾名穿著盔甲的人威武的走著，看見奄奄一息的人就補上數刀，也有人屠殺老弱婦孺，喜悅的砍著首級。

這是……我緊閉上雙眼，雙手掩面，這是幾百年前的戰事，在大火與戰鼓聲中的慘事啊！那條河，是數以百計的人民鮮血！

夠了！夠了！我不想再知道這些事了！

再睜眼時，一切都恢復了寂靜。

我們站在樹下，那條泥徑依然靜靜待在那兒，沒有大火、血河，也沒有哀號中被慘殺的人們。

「剛剛那是？」彤大姐滿身是汗的嚷著，「嚇死人了，幻覺嗎？」

「不……可能是……」連米粒都看見了。

『那是歷史。』熟悉的聲音總算傳來，『活生生在這裡發生過的事情。』

輕巧的重量降在我肩頭，炎亭不知從何而來。

「死小孩？」彤大姐訝異的望著他，「你是死到哪裡去了？」

二話不說，我抓下炎亭，就先使勁打了它好幾下屁股。

「你到哪裡去了？什麼都不必交代的嗎？我們被追殺時你不會出面幫忙嗎？」

『住手！住手！』炎亭哇哇的大叫著，米粒趕緊拉住我的手，深怕我一不小心把這具風乾的脆弱嬰屍打成兩段。

「先聽它怎麼說，打它不是辦法。」米粒嘆了一口氣，「頂多就是讓它一年都不能吃玉米片就好了。」

『怎麼可以！』炎亭立刻跳到米粒頭上，使勁抓著他的頭髮，『爛提議！爛提議！』

「炎亭！」我厲斥著，「到我這裡來！」

它不甘願的跳回到我肩上，憤憤不平的瞪著米粒。

照這樣看來，就算彤大姐威脅要焚屍，恐怕也比不上沒玉米片吃來得令他害怕！

『我不敢出來，那群死靈大軍是我的勁敵！』炎亭有點委屈的說，『我當年是被它們殺死的，它們是我宿命中的劊子手。』

「你當年……」我不可思議的望著他。「你也是這裡的人？」

『好幾世以前的事了。』炎亭抓耳搔腮的，『就算現在的我不怕它們，它們還是能傷害我，靈體傷害靈體，這不是鬧著玩的。』

「好……」我有點跟不上現實發生的速度。「那接下來呢？」

『命運會帶領著妳。』枯瘦的手指指向不遠處，『那裡，有個好吃的樹靈在召喚妳。』

咦？我們紛紛往前望去，在一棵很大的大樹下，果然出現一個模模糊糊的身影。

「抓著。」我把炎亭丟給彤大姐。

由米粒陪著我往前走，那棵大樹就在寸草不生的泥徑旁，我還沒靠近，就知道了……

那棵樹得要三個人環抱才能圍住，樹幹凹凸不平，結成樹瘤般的模樣；我敲了敲樹幹，傳來渾厚的回音，若是貼上，還能感覺到樹木的香氣與一種溫暖。

這是當年那棵樹，它更老了。

『妳來啦……』老樹微笑著。

「是。」我出口的也是日文。

『妳身上帶著琥珀嗎？東京的老婆子給的？』祂微笑著，『哎呀，好久好久沒看見那粉紅色的櫻樹了啊。』

我拿出琥珀，樹靈們果然都能感受到這塊東西，一瞬間微風習習，天色突然亮了起來。

風掠樹梢，傳來一種安詳而悅耳的沙沙聲。

「這個……有什麼用處嗎？」我問著。

『留著，必要時樹靈們會引導你們。』祂仰望著遠方，『隔了那麼久，終於等到妳了……這裡的靈也等了妳很久很久了。』

「等我？」我並不以為然，「我是為了找尋失落的情感。」

樹靈只是看著我，然後忽然轉向另一個方向。

『那就要看妳如何抉擇了。』

嗯？我皺起眉，我應不懂祂的意思。

但是驚人的戰鼓聲卻近在咫尺響起，嚇得我失聲尖叫。

米粒瞬間護住我往後退，樹靈已消失，炎亭跟個嬰孩似的緊緊抱著彤大姐，瑟縮的模樣可憐兮兮。

那戰鼓聲就在前方而已，我們瞪大了眼睛，眼睜睜看著一幢幢鬼魅影子現身，它們或手持長矛，或手持弓箭，或騎著枯骨馬匹，團團包圍住我們。

「這裡！」米粒警覺性高，忽然從口袋裡拿出早上的繩子，繫在一棵大樹上頭，接著叫我們往回跑。

他推著我，要彤大姐帶我走，自己卻努力拉直繩子，意圖將另一端繫在幾公尺遠的樹上。

我這才看清楚，那哪是什麼普通繩子，跟我們參訪日本神社時的繩子是一模一樣的東西。

「他想幹嘛！」我邊跑邊回頭。

『設一道結界，讓它們沒辦法追上妳。』

可是……我半跑半爬的攀著岩石往上逃，這兒比剛剛那兒高出許多，我可以看見眾多的鬼士兵們，正拉滿了弓……拉滿了弓！

而米粒利用繩子拉出了五公尺長的距離，正努力的把它綁緊。

萬箭疾速，劃破了空氣，也直直插入了米粒的身子。

「不——」我禁不住的尖叫出聲，不——不——不！

米粒的背上跟針包一樣，插滿了無數枝箭，他正回首望著我，那眼神我熟悉的……是一種款款深情；那迷人微笑我記得的，是俊美得讓我心跳不止的魅惑笑容。

他……用盡最後一絲力氣，綁緊了繩子，然後倒上了泥地。

「不、不是這樣的！不是——」淚水狂湧而出，我瘋狂的想要奔到米粒身邊，彤大姐卻拉住了我。

「安！安……妳冷靜一點！」彤大姐直扣著我。

『叫她閉嘴！閉嘴！』炎亭氣急敗壞的喊著，彤大姐就摀住我的嘴。

我頹然的坐在地上，我望著一個將士騎著馬來到米粒身邊，它拿繩子套在他的頸子上，像拖一個畜生般的將他往回拖行。

其他的鬼將士們來到樹邊，卻真的只是打轉，那五公尺的繩子真的築起了一道牆，它們誰也沒有跨越過來。

那結界有了功效，可是……我的愛人，我這一生的摯愛呢？

「救命！安姐姐！救命——」

又一個詭異的聲音傳來，在遙遠的彼方，是卿卿。

「哇啊——米粒！是米粒大哥！」這是班代的聲音。

「拜託不要叫。」彤大姐低語警告。

她蹲我身邊，炎亭跳回我懷裡，試圖輕柔的擁抱我。

彤大姐拿出望遠鏡，往遠方看去，喃喃的唸著，「靠，那三個大學生也被抓了……報應嗎？」

我沒有力氣接過來看，我淚水不停的滾落，我的米粒，我的愛人，他在我面前被萬箭穿身，我卻連屍體都得不到。

「不該是這樣的……這不是我預期的。」我淚眼朦朧的看向炎亭，「你知道該怎麼解決對吧？你知道的！」

炎亭嘖著聲，它眉頭深鎖的搖了搖頭，「可是可是……」

它只會這麼說。

軍隊沒有移動，從裡頭蹣跚的走來我們都熟悉的深藍襯衫，留著一撮山羊鬍的男人，它戴回了金絲框眼鏡，可惜半邊頭顱已經被彤大姐搗爛了。

『耶姬公主。』它恭敬的開口，『請出來吧……您的朋友在這裡呢。』

「這傢伙死不了啊！」彤大姐啐了口口水。

『它已經死透了啊。』炎亭有時聽不懂反諷，會傻傻的回答。

「喂！死小孩，我是說它怎麼……算了。」彤大姐蹙了蹙眉，「它是什麼角色啊？好像一開始就針對安而來的。」

『他被附身了，當嚮導時偷了保護區裡的古物，卻反而被戰鬼附身。』炎亭望著渡邊先生，準確的說出他的遭遇，『他在樹海裡走不出去，因此瘋狂，選擇上吊自殺……結果妳剛好來了，所以他這個導遊就很適時的出現了。』

「進到這裡誰不會發狂？」彤大姐碎碎唸著，轉頭看向我，「我們會幫米粒報仇的，妳別難過。」

嗯？我淚流滿面的望向她，彤大姐剛剛說什麼？

「至少得把屍體帶走。」她順手抹去滲出的淚水，開始把背包裡的東西拿出來。

啊啊……彤大姐！我知道，她在故作堅強！她明明也對米粒的死而震撼、而害怕，但是因為有我在，為了擔心我的情緒崩潰，還需要一個冷靜的人。

我的冷靜已經逐漸消失，尤其在尋回憤怒與恐懼之後，那分超然的冷靜已經薄弱了。

拿現在來說，我的胸臆間被極怒填充，我不能原諒這些殺害米粒的人！

就算是死靈，我也要它們再死一次！

『耶姬公主，您不希望無辜的子民再因您而死吧？』渡邊先生又開口了。

彤大姐從背包裡拿出長長的水果刀，我都懶得問她什麼時候買的了，再緊握住她的雨傘，最誇張的是連打火機都有。

「別燒樹海。」這個我很堅持，樹海一旦大火蔓延，那還得了？

「喔，好吧。」她不甘願的收起。

『別鬧，妳打算為那些大學生犧牲自己嗎？』炎亭焦急的在我們面前跳來跳去。『我們先逃離再說，或許還有路可以走。』

犧牲……我想到我的前世。

犧牲的宿命，一直是我的寫照嗎？

「我上輩子發願，下輩子不再為任何人犧牲自己。」我深吸了一口氣，「我還發願不要有情緒，這樣就不會因心痛而死。」

彤大姐很詫異的看向我，「妳的前世？」

「嗯，我剛剛一瞬間回憶起來了。我前世曾經是所謂的神女，大家都說我是木花開耶姬的轉世，其實說到底我只是一個替身。」我簡短的敘述，「真正的神女是我的一位侍女，戰亂時為了保全大家，我必須引開敵軍注意，讓敵方生擒我，然後讓真正的木花開耶姬得以倖免於難。」

彤大姐瞪大雙眼，倒抽一口氣。

『為保甲斐的永世啊……當年妳死了，才能讓真正的神女倖存。』炎亭的神色也流露一抹悲哀。『後來真正的神女也的確現身，再次燃起了人民希望。』

「那……這票死靈軍隊是怎樣？它們不知道它們殺的那個是假的嗎？」還是彤大姐反應快。是啊，既然後來志乃有出現，那為什麼還把我當成木花開耶姬？

『它們不知道。』炎亭幽幽的說著，伴隨一聲長嘆。

「為什麼？」

『因為那時在樹海裡的人，沒有一個人走出去。』炎亭堅定的望著我，『妳忘記了嗎？是妳臨死前的詛咒，讓一片森林形成了永遠走不出的樹海。』

我——臨死前的詛咒。

『我詛咒所有進入這片樹林的人，將永遠無法走出去！』

正因為這樣，所以一片普通的森林，才會突變成如此綿密龐大的樹林，成為五感封閉、有死無生的樹海！

『這批軍隊沒有走出去，它們最後沒有糧食，為了生存，食人肉互相殘殺，血流成河。有人成了厲鬼、有人成了樹妖，陰魂不散的它們對木花開耶姬懷有憤恨，忘記妳已經被斬首，只記得妳的詛咒，心心念念要再次活捉妳。』

原來如此。所以這樹海裡的死靈軍隊，也正是當年活捉我並殺害我的人嘍？

「我還是要去。」我壓抑住發抖的身子，「我要把米粒帶回來。」

「好！」彤大姐完全沒有阻止我，「那我們一起去！」

「彤大姐！」我推了她一把，「妳不要鬧，它們要的是我，別無緣無故送死！」

「幹嘛妳每次都當英雄？前世犧牲自己救一堆人，這世又要犧牲一次？」彤大姐竟然氣急敗壞的唸著，「妳不知道英雄都早死嗎？」

「我不為誰犧牲！」我破口而出，「我這次只為自己！」

彤大姐跟炎亭都啞然，我的淚水還是滑下眼角。

「米粒是我的人，我要拿回他的屍體！就算拿不回來……」我心痛的抹去了淚水，「我也要跟他在一起。」

『殉情嗎？』炎亭的口吻裡有一絲嘲諷，我聽出來了。

所以我回身，狠狠的甩了它一巴掌。

「對！因為如果米粒被死靈所殺，他也會被困在這個樹海裡的，我絕對不要回到沒有他的世界！」我的情緒崩潰，我的淚水潰堤，「就算是靈魂依存，我也要跟他一起待在這個樹海裡！」

炎亭委屈般的皺眉瞪著我，彤大姐俐落的抓過它往身後藏去，一副我可能隨時會幹掉它的樣子。

「所以，妳自己去。」她重複我的決定，「那群大學生呢？」

「不必管他們，妳才別給我逞英雄。」我把她的話奉還，將手中的琥珀丟給她，「樹靈說不定會引導妳出去的路，妳誠心……我說真正的誠心祈求。」

彤大姐望著我，眼眶裡都是晶瑩剔透的淚水，咬緊唇的點點頭。

「靠！我怎麼認識你們這種朋友的？」她忍不住哭了出聲，「一個……比一個還倔！」

我緊緊握住彤大姐的雙手，淚水早已無法克制，「謝謝妳陪我到最後……炎亭就拜託妳了。」

『安！』炎亭跳了出來，『她不是我的主人，我不能跟她！』

「那你再另找主人吧。」我望著它，「吃玉米片時……不要把玉米片弄得整桌都是。」

炎亭沒說話，眉頭深鎖的別過身子，又躲回彤大姐身後。

我赤手空拳，滿懷著深切的恐懼，卻不顧一切的往前走去；彤大姐沒有再阻止我，但我可以聽見身後隱約的低泣聲。

跨越過米粒拚死圍起的牆時，所有的死靈們都撼動了。

『木花開耶姬公主。』渡邊先生恭敬的鞠躬。

我的視線梭巡，定在裹滿塵土的米粒屍身上。

「安姐姐！」卿卿一看到我就大聲的尖叫，她如果有鏡子，就該看看自己通紅的雙眼，明顯已經異變了。

阿木被打得很慘，奄奄一息的倒在地上沒有動彈，班代的鼻子被打斷了，嗚咽的看著我。

我回憶裡，卻只有他拿刀劃過米粒，並且推下他的畫面。

戰馬開始移動，有個人隻身往前來，其他的鬼士兵都退至一旁，我可以猜想它可能是大將之類的人。

馬的腳骨在我眼前蹬走，我正眼不瞧，眼神只專注在米粒的身上。

『耶姬公主。』馬上人森冷的開口，『妳終於現身了。』

「把那個人的屍體還給我。」我知道我聲音在發抖，指著遠處的屍體。

『妳身邊沒有侍女嗎？』它騎馬繞著圈子，『士兵呢？』

我不想回話，並直直走向米粒的屍體，附近所有的弓箭手全拉滿了弓，蓄勢待發。

「安姐姐！」卿卿雙手被縛，淚流滿面的哭喊著，「我們被抓住了，這些鬼好可怕！」

我冷眼掃過她一眼，「不關我的事。」

我抱起米粒，他臉上都是泥土，血從嘴角流出，已經毫無氣息，他身上還有點餘溫，我只能彎著身子緊緊的抱住他，感受著殘餘的溫暖。

『只要殺了妳，我們就能走出這片樹海了。』馬上的大將再度踱了過來，長刀在我頸邊晃動，『詛咒必須破除。』

「我死也不會解開那詛咒。」雖然我不知道怎麼破除，但即使我會，也絕對不會改變我上一世的怨與恨。

『殺了妳，就可以破除了！我們就可以離開了！』大將大喝一聲，高舉起刀子，所有的士兵高聲吆喝，那聲音簡直撼動天地。

它們被困了好幾百年，必定渴望一份自由吧！

可惜，能給它們自由的不會是我，那個人已經死了。

前世是前世的事情，這一世，我不背負前世債。

我拉過米粒的手臂，橫跨過自己的頸子，吃力的將他背起，我跟米粒的身形相差懸殊，我只能極度吃力的走著。

走到一半我就停了下來，因為我無法負荷一具死屍的重量。

『真忠心的臣子啊，為了公主身亡。』大將輕蔑的笑著，我真想砍斷馬腳，讓它摔碎一身骨頭。

「他不是我的臣子。」我不悅地回話，很想跟人借馬對衝。

『呵……是，還是妳未嫁的夫婿不是？』對方竟拿長矛戳著米粒的屍體，『真是浪費了一名將才啊，板垣……』

我才伸手撥掉他的長矛，卻聽見駭人的名字。

板垣？為什麼它們喊的是——等等，如果它們眼前所見是靈光，看著我就等於看見當年的武田耶姬，看著米粒就是——

米粒就是板垣大人？當年那個深深傷了我，卻讓我愛到深處的板垣大人！

我不可思議的望著他，米粒是板垣大人的轉世嗎……上一世他愛著我卻把我往死裡送，這一世……他卻為了我而死！

為了我……我的淚水滴上他的屍身，不，我寧願死的是我，而不是不相關的你啊！

『安，這邊！』

男人的聲音傳來，就在彤大姐跟炎亭的方向！

我錯愕的抬首，米粒的靈體竟站在繩子附近，高聲喊著。

「米粒？」我愣愣的應著，他的……

『過來——快點！』他張開雙臂，而我則站起身，不顧一切的往他身邊跑去。

是米粒！是米粒，就算只是靈魂，至少他是完整如初的！

『木花開耶姬。』我邊跑邊回首，馬上的男人冷笑著，它擎起長矛，做出投射的動作，『要怪就怪妳的身分吧！』

我聽見風聲。

我知道那柄長矛正切開空氣往我背上來。

但是我的雙眼只看得見米粒，我的淚水奔湧不止，我內心升起無上的喜悅，即使只看見靈魂，我依然感激上蒼，讓我能再見米粒一次。

欣喜若狂，是的！我在這瞬間找回了喜悅的情緒！

值得了！值得了！

我撲進米粒的靈體中，再次感激上蒼讓我們還能互相接觸！就算長矛刺穿我的身子，至少我還能死在懷抱裡！

但是，我沒有等到應該的死亡，卻看見米粒怔然的神情。

「米粒？」我環抱著他，注意到他往前直視的眼神。

我也奇怪，為什麼長矛沒有刺穿我的身體。

回首，長矛早已準確射出，但是卻筆直的插進了另一個女人的身軀。

第九章・罪を償い

不知何時擋在我前方的彤大姐，兩隻手正握住長矛的柄，瞠目結舌的瞪著刺進她身體的部分，步步後退，我的腦袋一片空白，離開米粒的懷抱，走到她身邊。

「我……我以為會接住的……」她望著我扔出帶歉意的笑容，纖手往懷裡一摸，就是一把鮮血。

「彤……大姐……」我甚至不知道她是從哪裡出現的！

她凝視著我，虛弱的往後倒，我衝上前攙扶住她。

「媽的！我說過要傷害我朋友，得先經過我這一關！」她還卯足了勁，對著馬上的大將喊！

「彤大姐！妳不要再說話了！」

它們的目標應該是我吧？為什麼卻死了我最愛的兩個人！

「妳剛剛……笑得很燦爛。」她癱軟在我懷裡，我不得不蹲下身子，「喜悅……找回的是喜悅嗎？」

「嗯。」我緊抿著唇，我的心被撕裂了。

「呵……」彤大姐向上看著蓊鬱的綠樹，泛出滿足的笑，「那太好了……太……」

她沒有說完那句話。

她瞇著雙眼，臉上掛著微笑，原本要觸及我的手就這麼垂了下來。

『安，妳幫不了她。』米粒的靈魂站在繫有繩子的大樹邊，『快點往這裡來。』

馬蹄聲隆隆，我看著米粒，再回首看著奔騰的馬，還有騎在上頭的大將，手裡正揮舞著亮晃晃的刀子。

「等我一下，我馬上就來。」我目不轉睛的看著米粒，綻開笑顏。

我突然覺得，上一世的我沒什麼好可憐。

正是因為被當成替身，才能享有榮華富貴，才能得到民眾愛戴，就算是假，我還是被尊寵過了。

或許真相沒有大白，我心裡會舒坦些；如果讓我以為自己是真正的神女而去犧牲，我想我也不會有怨言。

無論如何，我上輩子的犧牲還是救了很多人。

最重要的，是我的憤憤不平，造成了這一世的情感闕如，而間接的讓我得到了米粒、遇上了彤大姐這樣的朋友。

能在死前重拾情緒，我沒有什麼好不滿足的。

我想要跟米粒跟彤大姐在一起，即使是靈體，一輩子都——

刀聲鏗鏘，旋即是馬兒驚恐的嘶吼，我嚇得瞬間睜眼，看見彤大姐的手上散發出逼人的光芒，嚇得鬼戰馬慌亂四竄。

然後那癱軟的手忽地一收，彤大姐從我臂彎中坐了起來。

「彤……」

她深深吸了口氣，凝視前方，再緩緩的轉過來望著我。

『我說過，這輩子我欠妳的，下輩子我一定會還……』她勾起一抹神聖的笑容。

我發愣，望著站起的她。

「志……乃？」我唐突的喊出這個名字。

彤大姐低首，回以肯定的微笑。

她傲然站立著，全身散發無法直視的金色光芒，緩緩走向死靈大軍。

我不得不瞠目結舌，彤大姐就是志乃，那換言之——她才是真正的木花開耶姬！

她左臉頰上的傷痕，原來也是注定的！

『妳、妳是——』

彤大姐沒有說話，雙臂一張，狂風肆虐，所有樹木全都大力的搖晃著，我不得不抱著頭趴在地板上，聽著身後的鬼哭神號，聽著中間夾雜著卿卿的慘叫聲，風壓讓我無法睜開雙眼，也無法直起身子。

炎亭趁機跑進我懷裡，米粒的靈體也忽然衝了過來，緊緊的抱住我。

「上一世沒能死在一起，這一世終於有機會了。」他微微一笑。

我心滿意足的任他擁抱，是啊，終於有機會了。

幾秒鐘宛如一世紀漫長，鬼哭神號充斥在耳邊。

『安。』炎亭的聲音在我懷裡悶悶的發出，『妳願意原諒我嗎？』

「下次再不出面幫我，我就不會原諒你。」這時候索取原諒，真卑鄙！

『不，我是說前世的事情。』炎亭抓著我的衣服，竄到我頸邊，『我不爽為前世背債，但她偏偏是我前世。』

「我不懂。」

『我是小夏。』

什麼？如果能睜開眼，我一定會瞪著它。

『我輪迴三次都很淒慘，這一世甚至成了一具嬰屍，靈魂無處可去。』炎亭口吻裡有著乞求，『現在木花開耶姬正在超渡亡魂，妳願意原諒我的話，就讓我離開！』

我吃力的睜開雙眼，低首望著懷間的炎亭，我不懂，我不懂要怎麼放它自由？「你本來就是自由的。」

『找出我的屍身，放我自由。』它皺著眉，臉上沒有哀求的樣子，比較多的是為小夏背債的不悅。

「我答應你。」我肯定的接口，炎亭綻開笑容。

當風壓減弱時，我悄然回首，看見了奇異的景象。

滿坑滿谷的紅色果實懸在大樹的藤蔓上，它們閃耀著如鮮血般的紅，在金光下閃閃發亮。

這裡，就是當年敵軍自相殘殺的地方嗎？無數的鮮血結成了仇恨的果實，有人被埋進了樹下，成了妖藤，專門汲取人血生存。

甄甄就是這樣的受害者。

我瞧不見大學生們，他們沒有了聲響。

等到四方平靜，已經是幾分鐘後。

「安。」意外的人聲，一雙手輕柔的由後扶起我，「妳還好嗎？」

我被攙扶起來，那是個完好如初的米粒；我呆愣的望著他，完全無法接受現實。

「我沒事了。」他有點迷迷糊糊的笑，「詳細狀況我記得不是很清楚，但是我聽見彤大姐叫我起來，跟我說沒事了。」

彤大姐！我驚慌的尋找她的身影，她躺在地上，雙手依然染滿了血。

「彤大姐！」我們衝到她身邊去，她臉色好蒼白。

雖然長矛不在，但是我拉開她的大衣，還是可以看見衣上染紅了血，還有破碎的相機……破碎的相機？

「幹！好痛！」躺在地上的人突然出聲，手往肚子上摸，「我的相機呢！我的——」

我們以為的瀕死之人立即坐起，手忙腳亂的拿著她的相機，一看見相機碎裂，開始呼天搶地。

「那個殺千刀的，怎麼可以戳壞我的相機呢？」她氣急敗壞的檢視，忽然又一笑，「啊啊！記憶卡沒有受損，萬歲！」

我跟米粒完全無法理解，看著彤大姐忽而生氣忽而大笑，然後拉開毛衣，她的肚子上僅有割傷。

「結果是刺到相機耶！」她拿起碎掉的相機一吻，「真是謝謝你了。」

「彤大姐？」米粒好不容易才發出問題。

「啊？我沒事！拿藥擦一下就好了。」她開朗的笑著，「我比較期待有沒有錄下來～啦啦！」

「錄下來？」我一臉狐疑。

她已經扶著樹幹站起，愉快的往她掉落的背包那兒去，看來是要拿藥箱出來擦藥。

「我啊，準備了十顆電池錄影，想錄錄看樹海裡的情況，不然每次我們出生入死，都沒有紀念證明，多可惜啊！」她拿出碘酒，對著我搖了搖，要我過去幫忙，「所以我把相機掛在胸口，大衣開個洞，就能偷錄啦～結果那根長矛一把就刺了過來，超準！」

我望著她，一時不知道該先擁抱她的重生，還是應該先咆哮。

我懸著的一顆心放了下來，原本內心被撕裂的痛楚也不復在，取而代之的是難以抵擋的喜悅！

不顧一切的衝上前，我緊緊的抱住了彤大姐。

「下次、以後，不許再這麼衝動！」我哭了起來，但這次是喜極而泣。

「哎……哎喲！好痛喔！」彤大姐哀了出聲，「妳撞到我的傷口了，安！」

我才不管煞風景的她，鬆開雙手，回身再度朝米粒奔去。

我狂喜般的親吻他，他是溫熱的，這一切都不是幻覺，我深愛的男人活生生的重現在我面前了！

米粒同樣的回擁我，輕柔的吻著，他對發生的事情的確不清楚，甚至連自己成了針插也沒有太大印象。

他說他有意識時，覺得自己似乎穿著盔甲，站在有繩子的樹邊喊著我的名字……那時，是板垣的靈魂嗎？

天色變得非常清明，陽光照耀大地，紅色的果實逐漸枯萎，連妖樹都凋零；我們重新整裝，彤大姐後來很不甘願的讓炎亭為她上藥，因為我跟米粒沉浸在兩人世界中。

遙望遠處，地上或躺或趴著三個人。

米粒走了過去，試圖叫醒他們。

「還活著。」他手按在阿木的頸邊，「但是沒有意識。」

班代、阿木跟卿卿三個人，雙眼瞪得比銅鈴還大，均有呼吸，但是卻跟雕像似的動也不動。

「靈魂被帶走了嗎？」我狐疑萬分，問向肩頭的炎亭，「炎亭，他們怎麼了？」

『啡……那些死靈下地獄前拖著他們走了。』炎亭跳到三個大學生身邊望著，『不過還有救。』

「怎麼救？」

『我可以拉一個人回來。』炎亭仔細端詳著他們三個人，『我的力量只能拉一個回來，別奢望我三個全救。』

「我才不會犧牲你呢。」我笑了笑。

就算炎亭是小夏那又如何？我是安，我不恨小夏，更不可能恨炎亭。

『那挑一個吧。』它右手五根指頭輪流彎曲著，像是在暖身似的。『女的就別救了！她吃了妖果，會變成渴望鮮血人肉的瘋子。』

米粒望著地上的三個人，意外的指向了班代，「救他。」

我真的相當吃驚，因為米粒從頭到尾最介意的就是班代。

「你還真是口是心非耶，我以為你會救阿木。」連彤大姐都發現了，「你對班代從一開始就沒好臉色，竟然會選擇救他喔。」

「阿木很聰明，但太會利用人，心機過深的人世界上能少一個是一個，我不必扭曲他的命運。」米粒看著班代，淒楚一笑，「至於他，身為領導者，他應該要活下來，見證所有同學的死亡，記取教訓。」

『好吧！』炎亭枯瘦的手臂忽然直往班代的心口裡竄，像穿透牆一般，直接竄了進去。

彤大姐深吸了一口氣，用一種很不能理解的神情望著米粒。

「你這樣做很殘忍。」她說出了心底話。

我們都可以想見，身為唯一活下來的人，班代會有怎麼樣的心靈創傷。他將回想起號召大家到樹海探險的一切，所有人愉悅並且不信邪的離開主要幹道，以及在樹海遭逢的一切變故。

「他捱得過去的。」米粒若有所指的看著班代，「他必須面對事實，並且成長。」

餘音未落，班代忽然狠狠的倒抽了一口氣，像是被噎著一般，炎亭的手迅速抽離他的身子，然後他便開始劇烈的咳嗽。

意識逐漸回到班代的身子，他彎曲身子咳個不停，終於移動了手，試圖撐起身子；我拿了點水湊近他嘴邊，好讓他能先喝點水緩解咳嗽。

他喝了幾口水眼睛眨呀眨的，像是忽然恢復了所有意識般，突然間慘叫一聲！

「哇啊——不要拉我！不要拉我！」他一把把我推開，整個人雙手抱膝的蜷曲，想將自己藏起來似的。

「你已經回來了。」米粒不悅的說著，因為他推了我一把。

我自己站了起來，稍稍後退，看著班代很狐疑的四處張望，幾乎確定沒有死靈才鬆了一口氣；不過那只有幾秒而已，他立即見到躺在地上，一動也不動的卿卿跟阿木。

「卿卿？阿木！」他跪爬到兩個同學身邊，不停地叫喚著，搖晃著他們。

「他們的靈魂被捲走了。」我再次蹲下身，溫和的說著，「很遺憾，但是他們只能留下來。」

「被捲走了？什麼意思？」他眼底藏著恐慌。

「你剛剛自己才遭逢過的不是嗎？被人拖走，往可怕的地獄去？」米粒加以補充，「後來你是怎麼回來的？」

米粒一提醒，班代果然發顫，他臉色蒼白像是在回想似的，冷汗從頰旁不停低落。

「有人，拉著我的衣服往上拖……一股很大的力量。」

我微笑，抱著炎亭湊到他面前，「是它救你回來的。」

不過炎亭沒得到道謝，卻得到更慘烈的叫聲，以及數秒間的火速後退。

「那是什麼東西？屍體？還是……」班代嘶叫著，炎亭不悅的跳上我的肩，「它會動！會動！」

「它是乾嬰屍，泰國的小鬼。」我挑了挑眉，「你得客氣點。」

「它可是你的救命恩人，否則你早就被那些惡鬼拖進地獄裡了。」彤大姐走到我身邊，比了比炎亭，「來，好孩子要有禮貌，說聲謝謝！」

「……謝、謝……」儘管班代發抖的說著，但還是說了。「那卿卿跟阿木呢？他們……」

「很抱歉，炎亭的力量只能救一個。」我滿懷歉意的對他點頭，「他們兩個……只剩下身體活著，沒有靈魂存在了。」

「什麼意思？他們活著但是沒有靈魂？」

「就像植物人一樣吧！只是更慘，他們的體內完全沒有靈魂。」米粒正拍著全身的灰塵，「時候到了他們自然就會死亡，你要慶幸的是他們不會有痛苦。」

不過另外一方面，身在地獄的他們可能得費點功夫才能為自己平反。

我相信米粒一點都不覺得需要平反，他對於把我推下去的阿木依然耿耿於懷。

「我們該走了，這次得請你跟著我們了。」我還得幫炎亭找身體呢，「畢竟……

也只剩下你一個人了。」

米粒來到班代面前，頭一次對他伸出了援手，班代握住他的手得以站起，從他既痛苦又茫然的神情中，我們可以看見他的掙扎與無法面對現實的模樣。

「探險之旅結束。」米粒用力緊握住他的手，「希望你滿意這樣的結果。」

淚水自班代眼眶裡滾出，他望著地上活著但沒有靈魂的同學們，終於瞭解到自己是唯一生還者。

「成熟點。」他拍了拍班代的肩，「多聽別人的建言，會有幫助。」

「那他們呢?就把他們扔在這裡嗎？」班代激烈喊著。

我們三人不約而同回頭，不然呢？那是沒有靈魂的身體了，帶走有用嗎？

「放下吧。」米粒微微一笑。

他走向我，帶著跟剛剛截然不同的溫暖笑顏，我自然的偎進他張開的手臂下，我喜歡被摟著、被愛著的感覺。

「我們應該找個好一點的飯店再度個幾天假。」他認真的盤算著，「太快回去沒意思。」

「為什麼？」

「既然妳找回真正的喜悅，那麼……我們可以好好的度過一個真正愉快的夜晚。」他若有所指，卻講得非常露骨，「不然每一次妳都沒有辦法感受到那種……」

「閉嘴啦！」我臉頰燙了起來，急忙推開他。

「哎喲，好恩愛喔。」彤大姐走來我身邊，「不過在你們找高級旅館翻雲覆雨前，我們應該要先離開這片樹海喔。」

「不！」我含著笑搖了搖頭，「要先找到炎亭的身體。」

「炎亭的身體？」這下換米粒困惑了。

「它是……反正我答應它了。」我用眼尾瞥了一眼坐在我身上的乾嬰屍，它顯得很興奮。

『我的身體被埋在這裡，只要找到，我就可以順利的進入正常的輪迴了。』炎亭很期待的雀躍著，『前幾世犯的錯害得我沒一世好過，先是活到二十歲被放進油鍋裡炸死，再來才十歲就被活活燒死，上一世一出生就死了，結果靈魂還離不開這軀殼，硬是成了嬰屍！』

「真倒楣！」我由衷的覺得，「小夏的事，卻連累你受苦。」

『妳才知道，前世債今生背，一點都不公平！』炎亭憤憤不平的說著，『靈魂相同，可是記憶都沒了，我根本就已經不是小夏！』

「沒辦法，當年我恨小夏恨得太深了。」我也無奈，但那是當年的我。

在炎亭的指揮下，我們很快就來到一棵大樹旁，那棵樹也很有年歲了，它拚命的指著地下，要我們挖開那老根，說她的身體在裡面。

「我們沒工具，要怎麼挖？」米粒有點無力，這樹根都比一般小樹粗了，怎麼挖開呢。

『哎喲，血！用安的血就好了。』它急忙的指著地面，『只要一小滴……只要妳已經原諒我了，我的屍體就會現身！』

我拉開褲子，身上到處是傷口，要幾滴血都不成問題。

我用力壓擠傷口，沾了不少血上指頭，直接貼上泥地，雙眼凝視著炎亭，「我從來沒恨過你。」

炎亭望著我，小小的眼裡藏著複雜的情緒。

一瞬間，我們眼前的土崩落了，長長的樹根因為扎得夠深夠遠，並沒有因為這小坑的崩落而受到影響；那是個等人深的洞，一具人形直直的種在土裡，米粒伸長了手把人形抓了出來。

那是稻草。

一個稻草人塞在衣服裡，我看著那腐朽的衣物，那的的確確是小夏生前最後穿的衣服。

『身體！我的屍身呢！』炎亭不可思議的用尖甲撕裂稻草人，『我的身體——為什麼會不見！明明埋在這裡幾百年了啊！誰！誰偷走我的屍體！』

我趕緊抱住炎亭，它哭得像個孩子，轉過來摟緊我的頸子，不停的哭泣。

期盼已久的自由，只有它一個人沒有得到。

『不可能不見的，安！那只有我知道啊……』炎亭用小小的手搥打我，泣不成聲。

「還有埋屍體的、封印的人知道吧？」彤大姐若有所思的瞧著那個人形稻草，「他們先把妳的屍體挖出來，還特地把衣服從屍體上脫下來讓稻草人穿耶……怪噁心的！」

咦？我訝異的望向彤大姐。

「對，埋屍體的人一定知道……真詭異。還特地做個假人放著。」

「欸！」彤大姐忽然發現什麼似的蹲下去，比炎亭還粗魯的把稻草人開腸剖肚，拿出一根骨頭，「這該不會是你身體上的某一根吧？」

炎亭見狀，立刻跳到彤大姐手上，拿過那根骨頭。

『是我的！是小夏的！』它呼天搶地，『就是這樣才騙得過我，我才感應到這兒有我啊！』

「死小孩，別哭啦。」彤大姐也不忍的拍拍他的頭，「這裡找不到，再到別的地方找不就好了？」

『我才不是死小孩！』都在悲傷當中，炎亭還有時間發脾氣，抱著骨頭跳回我身邊。

我緊緊抱著它，拿出口袋裡的琥珀交給米粒，請他誠心的詢問著樹海裡的樹靈們。

祂們一一現身，微笑般的看著我，指向同一個地方；我們順著樹靈指示的方向，不停的轉彎，不停的朝著出口前進

米粒摟著我，我抱著泣不成聲的炎亭；彤大姐跟在班代身邊講笑話給他聽，就算班代根本無心思，她還是講得很愉快。

我們回到曾走過的路上，那曾是溪水的泥徑邊，那棵凹凸不平的老樹下；我遲疑了幾秒，還是跟大家說等一下，再次走到那棵樹下，隻手輕輕的貼在上頭。

「怎麼了嗎？」大家都靠攏過來。

「我的屍體在裡面。」正如炎亭說的，我感應得到。

這棵樹是溫暖的，我貼上樹幹，希望能聽見裡頭的聲音。

『終於……為自己而活了。』裡頭幽幽的傳來回音，像是這麼說的。

我滿懷著幸福之心，仿效日本人的擊掌，再雙手合十的拜了拜，然後便趕緊離開，循著樹靈們的指引而去。

「有聽見什麼嗎？」彤大姐很好奇的問著。

「秘密。」這是我跟我之間的秘密。

在徒步行走六個小時後，我們終於看見了遠方的人群、陽光以及步道。

所有來時緊跟著我的地縛靈，纏繞在自殺箱上的幽魂都已經消失，我瞭解為什麼那些地縛靈會跟著我了。因為它們知道我「曾」是誰，它們也希望能夠得到淨化與升天。

結果，誰也沒想到，彤大姐才是木花開耶姬。

「人耶！喔耶！那是真的人吧！」彤大姐歡欣鼓舞的又叫又跳。

「彤大姐！」我拉住了差點要直接奔跑的她，「妳被長矛刺中之後，看見了什麼？做了什麼事，妳有印象嗎？」

「嗯……算有吧，有別人在幫我說話。」她聳了聳肩。「不太清楚啦。」

「可是妳知道小夏死前穿的衣服。」我冷不防的戳破她的敷衍，「妳不該會知道那具稻草人穿的衣服是當年的……」

彤大姐翻了個白眼，露出一種不耐煩的神情，微微赧色浮現，兩手一攤，像在說：好吧，被妳看穿了。

「好，我什麼都知道。進樹海前一天我站在窗邊時就有影像傳到我腦裡了！然後我也作了個夢，夢見我是志乃。」彤大姐扯扯嘴角，「接著一路上就像有人在我腦袋裡播電影一樣，全部都一清二楚。」

「所以妳……」早就知道我是替身，也知道這一切肇因於我的詛咒，以及我與她之間的關係。

「沒有什麼所以！」她挑起豔麗的笑容，在陽光下燦燦發光，「前世是前世，其他干我屁事！」

她聳了個肩，大聲說著她要吃兩碗拉麵，歡呼著往步道那兒奔去。

我忍不住淚，彤大姐的豁達、她的寬容，還有那種不被束縛的想法，真的間接解放了我。

我早該知道她的個性，前世的我在死前也是得到她的幫助，才得以情感闕如，但她卻留了一條後路，把小夏留下來，讓我們在今世相遇，進而重拾我曾捨棄的情感。

她甚至轉世到我身邊，一路陪伴著我。

她其實沒欠我什麼，反而我欠她的太多太多。

「這個……要留在這裡嗎？」我拿著琥珀，回身問著滿滿的樹靈們。

『帶著吧！留在這裡也沒什麼用。』樹靈們隨著風聲告訴我，『能夠知道老婆子她們也好就可以了。』

「找個機會也去看看同伴吧！」米粒建議著，樹靈與樹靈們一定有很多話要說。

『唉唉……』樹靈們的形影漸漸消失，『我們離不開這片樹海啊……』

咦？我錯愕的看著祂們的消逝，難不成我的詛咒也間接的綁住了樹靈們？

我深深的對著樹海一鞠躬，對不起，真的對不起。

走出樹海時，陽光依然普照，我們欣喜於重獲新生，欣喜若狂的回到民宿時，時間三月十一日，上午九點三十二分。

從進樹海到出來，只過了一個小時。

但是我們失去了渡邊先生、火車、甄甄、卿卿及阿木，而我得到了完整的情感。

尾聲

山梨縣警方一聽見在樹海的失蹤案，個個緊張兮兮，他們派出大隊人馬，腰上繫著繩子，開始進行搜索。

我們知道能找到屍體的機會等於零，但依然等候。

班代沉寂了三天後終於下來吃東西，面色蠟黃瘦弱的他沒有開過口，或許仍處在打擊之中，但是我相信他正逐漸走出來。

相對的，我們家的炎亭就哭個不停，連祭出它最愛的玉米穀片都沒用，它哭號著要找回她的屍身，得到承諾之後，還是無法進食，整個人躲進木盒裡。

最後是彤大姐把它逮出來痛罵一頓，兩個人在樓上又吵又打的，害我得賠老闆娘兩扇紙門。

我偶爾會望著那片蓊鬱的樹海，很難想像一個不是神女轉世的我，竟然因為極恨也能達成那樣的詛咒。

還是，那是志乃幫我的？

這就不得而知了。

我們再待了幾天後就要動身返台，班代說要繼續留在那兒協助調查，過些天才離去；至於為什麼我們在樹海的兩天時間等於外頭的一個小時，沒人去探討，反正能活著出來，又找回喜樂就好。

可是不知道是不是巧合，這兩天的消失反而成就了彤大姐的……計畫。

「登登！」她亮出三張機票，「返程機票，剛剛好是今天下午的班機。」

我瞠目結舌的搶過機票來看，真的是今天下午。

「我原本就預計不會超過七天的，所以那時買了來回機票。」她露出邀功的臉，「怎麼樣？厲害吧？這樣就不必到現場去排機位嘍～呵呵！」

我們當然嚇了一跳！如果在樹海的兩天時間為真，彤大姐的機票就白買了！

「妳怎麼會買來回票？」米粒這才發現，難怪當初彤大姐爭著要幫大家買機票！可是我們當初要她買單程啊！

「當然買來回啊，誰像你們一個個都是要去赴死的樣子？」她挑了挑眉，「我可是抱持著觀光玩樂的心態，OK？有去當然有回啊！」

「我是真的抱持……」有去無回的心態啊！

「看！就是這樣！幹嘛不想說找回情感也能安然無恙呢？」彤大姐認真的指著我跟米粒，「什麼心態啊，嘖！」

好，我的錯，我無言。

老闆走了進來，他要開車載我們去機場，所以我們趕緊拿起行李，炎亭早就已經安穩的躺在行李箱裡。

臨上車前，班代站在門口送我們，眼底是無盡的悲傷。

「請等一下。」

他突然說出了離開樹海後的第一句話。

我們正準備上車，紛紛瞥了他一眼，停下動作。

「為什麼……我們三個中，你們只救我？」他顯得很囁嚅不安，但是想要一個答案。

當然，如果是我，也想知道為什麼不是卿卿，也不是阿木。

「問他。」彤大姐把問題丟給米粒，直接上了車，我點頭附議。

米粒意外的沒有直接回答，臉上露出很複雜的神情，迎著風低下頭，像是在沉思一個好答案。

「因為我也曾經遇過類似的事情，也曾經歷傷痛……不過選擇你的原因可能很單純，」他一抹苦笑，「因為我以前也曾被叫過班代。」

他不再多話，直接上了車。

我望著班代，頷首微笑，「請保重。」

車子緩緩的出發了，我從樹海回來後便滿心愉悅，我知道我即將能體會到更多的人生，我將擁有更多采多姿的情緒。

我回首看向越來越遠的樹海，我會為自己而活的，請妳放心。前世的我。再見。

※　※　※

四月十七號　天氣晴

今天彤大姐又轉寄了一封電子郵件給我，我以為又跟樂樂的事件一樣，轉寄活死人的影片給我，結果卻是那位大學生寄來的。

他說日本警方已經放棄搜尋屍體，因為如果屍體在樹海深處，他們也無能為力，只能為他們祈福，報為失蹤人口；回到台灣後，同學對於只有他一人回來訝異，而失蹤同學的家長對他更是不能原諒。

他沒有辦法說出遇鬼的事情，最後決定以探險為由，說明他們原本就刻意要進去試試是否真的會迷失方向，接著有人看到屍體，驚恐慌亂，大家便走散了。

他說不出同學的死狀，只說他跟大家分散，再度遇見我們才一起出來。

他承受了辱罵與毆打，家屬的不諒解，以及同學的指指點點，還有家屬認定是他殺害了他們的孩子，決定要跨海控告什麼的……但老實說，要有屍體才能控告啊。

班代告訴我們，再苦再難他都會承受下來，他只後悔為什麼跟我們第一天見面時，不聽米粒的話，甚至還對米粒不客氣？明明很多人都說過樹海是個死亡聖地，進去就出不來，為什麼他們就是不信邪？

他更在信中道歉，對於推我們送死那件事，他也是不得已。

那時大家一心只想活命，阿木早跟他說好要把我送給死靈們，因為阿木確定我正是軍隊要的木花開耶姬。

他想活，也希望大家可以活著出去，因此決定犧牲我。

那時鬼迷了心竅，腦子已經混沌不清，他知道說再多對不起也改變不了事實，但是還是要跟我們道歉。

並且留了話給米粒，他說以後再也不會這麼莽撞，以後懂得珍惜可貴的生命。

這一生，他將背負著四個人的生命活下去。

我們一樣沒有回信，因為沒有必要。

我搬進了米粒家，住在一間二十坪大的「小公寓」裡，米粒的模特兒收入比正職好，我都搞不清楚他的正職是什麼了。

我們雙雙找到了工作，這次沒辦法在一起，但公司就在附近，可以一起上下班、一起吃飯。

當然，還是一家三口。

炎亭真的很愛吃巧克力，最近除了玉米片，開始希望可以試試黑巧克力，翻著雜誌指著Godiva，我決定先買甘百世給他吃。

前提當然是，它吃玉米片得將桌面維持得乾乾淨淨，不許撒得整桌都是。

我擁有了正常人類的情感，覺得宛若新生，過著永遠想不到的愉快生活，我不再去想什麼前世，我還是維持我的作風，過自己的生活。

我也不會忘記炎亭的身體，它不欠我什麼，但是我要為它找到新的人生。

它不該以這樣的姿態生存，應該要享受人生才是。

我相信找得到的。

我信心滿滿，因為我已經擁有瑰麗的人生。

番外・我不想死

蓊鬱的樹林裡空無一人，詭異的是連聲鳥囀蟬鳴亦無，盛夏裡去沒有一絲風，甚至聽不見樹葉沙沙聲。

女人踩在石塊與樹根處處的黃土地，心如死灰。

「好安靜吶。」她抬起頭，看著綠樹重重。

「是啊，這裡是樹海，鮮少人來。」男人陪在她身邊，緊緊握著她的手。

女人抬首，痴情的望著他，淚水就這麼滑了下來。

男人停下腳步，心疼得為她抹去淚水，兩個人眼底是相顧無言，唯有淚千行的悲傷。

千里迢迢來到青木原樹海，不去著名景點的風穴或是冰穴，他們的目標是橫貫中間的樹海步道。

她想都沒想過，在這個連同性都能自由結婚的年代，她卻連跟喜歡的人結婚都受到重重阻礙。

「安靜好，沒人更好。」女人勾住男人的手，輕輕偎了上去，「我就只想要……我們兩個人。」

「放心好了，我們會一直在一起的。」男人緊緊摟著她，兩個人均因激動而微顫。

風穴與冰穴中間的步道甚長，沒有什麼平整的道路，青木原樹海裡的土壤極少，這兒過去曾因火山噴發，留下的都是火山岩，樹木往下扎不了根，便橫向移動，在岩石上延伸攀爬。

因此整個樹海裡不會有平整的道路，樹根盤根錯節，玄武岩隨處都是，若朝兩旁的密林看去，只有一重接一重的奇特樹木，間有凸起的岩石，或是莫名倒下的斷樹，都增添神秘的淒涼感。

真不愧是赫赫有名的自殺聖地。

「要走了嗎？」蘇尚文輕聲問著。

「嗯。」鄧珮瑜毫不猶豫的點了頭。

男人牽著女人的手，無視步道旁拉起的繩子，大步跨了進去，一起進入了那重重難走的密林。

為了永遠在一起，為了死後也不分開，這是最好的方式，如果連遺體都找不到，就沒有人能拆散他們了。

樹海裡相當難行走，能踏腳的地方並不多，蘇尚文小心翼翼的呵護著女友，常常停下後再助她跨過石頭及崎嶇的樹根，他們必須一直朝著森林深處走去，遠離道路，遠離人煙。

不知道走了多久，蘇尚文停了下來，回首望去，他們四周都是一樣的樹木，看不見任何道路或是不尋常的景色，老實說，連要回頭循著原路回去，都已經不知道是哪個方向了。

鄧珮瑜也跟著回頭，淒楚一笑。

「迷路了嗎？看過去每一個地方都一樣呢。」她突然輕鬆許多，「這樣是不是就不會有人來打斷我們了？」

「對，不會有人再來吵我們了。」蘇尚文肯定的點點頭，嘴角的一抹笑也略帶苦楚。

「不過……這樣不夠。」她搖了搖頭，指向東南，「其實我們剛剛是從那邊一路過來的，我依稀記得方向，這樣不夠好。」

蘇尚文皺眉，她的方向感果然極好。

「再走下去，就再難分辨了！」他輕拉了她，「走吧？」

「不。」鄧珮瑜倏地收回手，「我們在這裡就先亂了方向！」

「什麼？」蘇尚文有幾分詫異。「怎麼……但我都已經搞不清楚了啊！」

「我們閉上眼吧！」鄧珮瑜往前踏了幾步，硬是找到一塊比較寬敞的地方，「閉上眼，順時針三圈，逆時針三圈，隨便繞完後，睜眼再繼續挑個方向走。」

蘇尚文有點好笑的望著她。

「這樣才能確保我們永遠走不出去。」她含淚的雙眸，極為堅定的望著他。

他們進來的目的，不就是為了永遠出不去嗎？

蘇尚文深吸了一口氣，來到她身邊，位子不夠寬敞容兩人轉圈，鄧珮瑜先轉，再換蘇尚文，輕易便天旋地轉，重新睜眼時，其實他們也搞不清楚自己到底有沒有轉動或移了方向。

樹海之所以是樹海，就在於不管哪個角度看上去都一樣。

兩人相視一笑，再隨便挑了個方向，繼續往下走。

以前常聽人說，現實比小說還離奇，大家都是當聽閒話般笑笑聳肩，但鄧珮瑜沒想過會落在自個兒身上。

因朋友聚會認識尚文，性情相近，興趣類似，可以說是一見如故，而且彼此間有說不完的話題，默契更是絕佳，他們彷彿是天生一對般，後來再約會一次後便決定交往！交往後只是更加確定雙方的靈魂契合度，彼此認定了對方就是此生伴侶。

同居後一起規畫未來，一塊兒打拚存錢，設定好存到多少錢要結婚，房子要買在哪兒，以及未來要生幾個孩子……等等；因為有著共同的遠景，所以生活變得更加充實，彼此均不懈的努力，還提早完成存錢目標。

最後他在第一次見面的地方求婚，她永遠記得那晚的幸福。

籌備婚事，開始正式會見雙方父母，在交往時彼此坦承過各自的家庭背景，都是小康之家，她有對疼愛她的父母，兩個弟妹，父親早年是船員，後來因為太過辛苦與危險，在母親央求下離開了跑船生活，做起小生意。

尚文與家裡的關係淡薄，是由爺爺奶奶一手拉拔大的，唯一的弟弟反而由姑姑養大，兄弟感情也不深；父母過去都沒有正常工作，甚至大半時間都在毒品與監獄中度過，根本不在乎孩子，直到其父近幾年出獄後，徹底戒了毒，親子關係才比較緩和。生母跟男朋友住在一起，父親則是獨居，都是打零工做小生意餬口維生，他與弟弟偶爾聯繫，偶爾去探視，盡點血緣之責，大家都在重新熟悉適應彼此的身分。

籌備婚禮的期間一切都很順利，她的父母也很欣賞尚文的上進與努力，他的父母客氣的支持他們，直到雙方父母正式見面的那天。

母親淒淒的尖叫，毀掉了她原來擁有的幸福。

「累嗎？」蘇尚文溫柔的問，「要不要休息一下？」

「好！」她點點頭，他永遠都是這麼的貼心。

他們隨處就了塊大石坐下，玄武岩遍地，拔地掀起都是司空見慣，高度恰好可坐下休息，喝點水加吃點心，他們的背包裡還放了不少東西，最重要的是揹了一瓶酒。

「呵。」鄧珮瑜螓首靠著他的手臂，她突然一抹笑。

「笑什麼？」他覺得奇怪。

「沒什麼，只是覺得人生好奇妙。」她突然撐著身子，仰首望著蘇尚文，「如果你真是我弟弟，恐怕不會那麼貼心！」

蘇尚文笑容微斂了斂，「這個玩笑不好笑。」

鄧珮瑜嬌媚笑著，再度靠上他的身體。

玩笑？這哪是玩笑？這再真切不過了，蘇尚文就是她的弟弟。

母親看見他父親的那一刻，臉色蒼白，渾身發抖，不管不顧就在高級餐廳裡痛苦尖叫，恐懼的轉身逃出去，徒留錯愕的大家，甚至連父親也都不明白發生了什麼事。

她追出去，在女廁裡找到躲在牆角瑟瑟顫抖的母親，母親失了神，喃喃喊著，不要、滾開，如此重複，精神看似受挫，她即刻就送母親進了醫院，鎮靜劑下去後總會安靜下來。

直到母親再度醒來，她是恢復了神智，但是卻帶給個她與大家惡夢。

「你們絕對不能結婚，妳不能嫁給那個禽獸的兒子！」母親哭得歇斯底里，「你們是姐弟！」

這種在電視上才會看到的戲碼與台詞，在現實中，從自己母親口中說出時，她真的氣到不行，不明白為什麼母親要演這種鬧劇，這不是能開玩笑的事！

然而，這真的不是鬧劇，是她自己沒想清楚為人父母怎麼可能開那種玩笑。

母親沒有外遇，而是被尚文那個前科累累的父親強暴了。

在父親跑船的那幾年，某日母親陰錯陽差的遇到吸毒吸到HIGH的尚文父親，就這樣被拖到暗巷，叫天不應叫地不靈的凌辱；爾後母親拖著身體逃回家時，恐懼大於屈辱，怕被人指指點點，怕年幼的孩子會受辱，更怕父親無法承受。

她選擇洗淨身體，忍耐下來，假裝一切都沒發生過，然後以最快的速度搬家。

其實他們並不住在同一區，當時尚文的父親是四處找朋友借錢或搶錢買毒，到處流浪才撞見她母親的；那天之後尚文父親也昏昏沉沉的離開犯案處，爾後不到兩星期便落網了。

但母親不知道，她在罪惡與秘密下生活，所以她央求父親不要再跑船，她無法再承受沒有保護者的生活；唯有看著一家和樂，兒女成長，父親的小店面經營穩定，她才能假裝忘記當年那個夜晚。

直到鄧珮瑜要結婚，與親家見面的那刻。

母親守著十數年的秘密揭開，全部的人一起崩潰，撇開母親的屈辱，他父親的犯罪不提，單單就她與蘇尚文的關係，他們便無法在一起。

姐弟啊，難怪這麼契合嗎？

「明明不是我們犯的錯，為什麼是我們要承擔後果？」鄧珮瑜哽咽的問，「我只想要跟你在一起而已……」

蘇尚文闔眼不語，這是無解的答案，他們是最無辜的人，但後果卻全部由他們承擔。

美好的未來、房子、兩個孩子的夢想，一夕之間毀於一旦，而且還不是他們誰變了心，而是被迫不能勾勒這個未來。

這是多殘忍的事！他們必須分手，如果想要保持關係，就是姐弟，否則變成為陌生人，此生永不相見。

鄧珮瑜不甘，她不懂為什麼要因為他人的過失，毀掉她的人生？這不公平。

更不公平的是，「分手」兩個月後，她的月事也消失兩個多月，驗孕棒上的兩條線，確定她懷孕了。

他們是要結婚的人，本來就打算生一男一女的，根本沒有避孕。

接著全部的人都要逼她殺死自己的孩子。

鄧珮瑜低頭撫著肚子，如果孩子還在，她現在應該能感受到他在踢動吧？人母的喜悅太過短暫，也太過悲傷。

大掌覆在她手上，蘇尚文沉下眼神。

「是我對不起妳。」

「不關你的事，你不能選擇父母……我的孩子也是。」鄧珮瑜幽幽的說著，「是我不中用，留不住他。」

她堅決想生下這孩子，但是她所有的親人，都用最積極的方式，要謀殺她的小孩。一句「那是妳弟的小孩，是亂倫啊！」就可以成為謀殺無罪的擋箭牌。

她辭職，決意逃到某個地方躲起來，若是產檢一切正常並無畸形，她一定要生下他，絕不允許任何人傷害她的孩子。

但是壓力與悲傷接踵而至，孩子就這樣流掉了。

「或許他知道，自己來到這個世界，是不受歡迎的？」蘇尚文只能這樣安慰。

「至少我會愛他。」鄧珮瑜冷冷笑著，「不過現在說這些也無用了。」

失去了孩子，她決定再也不被命運擺弄，找到蘇尚文，要求復合，反正他們戶籍上不是兄妹，來自於兩個家庭，說什麼她就是要結婚！

因為她愛的是蘇尚文，是他的靈魂，並不是因為弟弟的身分愛他。

蘇尚文與她有相同的心思，他們復合，打算不顧一切的在一起……然後，他們彼此的家庭千方百計的拆散。

只要換工作，就會有人在公司裡散播他們亂倫的消息，請同事們勸阻他們不要結婚，連付訂金的房子也被房東退租，表明他的屋子不能租給姐弟亂倫用。

就這樣，他們被逼到了絕境。

有時很難想像，自己以為最親的親人，先是想謀殺你的孩子，再來是毀掉你工作與社交，就為了阻止你跟相愛的人在一起。

這種親情，她承受不起。

但什麼都阻止不了他們，他們最後決定，活著的時候天下人盡可以阻止他們，但死後的世界，他們就管不到了。

「你覺得我們能撐多久？」鄧珮瑜笑著問。

「撐多久不是重點，因為跟妳在一起多久都行！」蘇尚文始終緊緊牽著她的手，絕不放手。

是啊，兩個人在一起才是最重要的！

啪嘰！樹枝聲突然傳來，鄧珮瑜驚訝的回首，「誰？」

「什麼？」蘇尚文被她這一問嚇了一跳，「有人嗎？」

「我聽見樹枝折斷的聲響……」鄧珮瑜不安的環顧看起來都一樣的四周。

「這裡不太可能有人吧？」蘇尚文有些遲疑，「在這裡還能遇到人也太神了！」

「不知道……也可能是動物吧？」鄧珮瑜眺望了半天，倒是什麼都沒看見。

天色漸黑了，平添了多重不安，樹海裡密林處處，不打開手電筒什麼都看不見。手電筒到處照耀搖晃，倏地一個人影站在那兒。

「呀——」鄧珮瑜嚇得驚叫，往蘇尚文身邊躲，「有人有人！」

「什麼？」蘇尚文被弄得也緊張兮兮的，立刻護著鄧珮瑜往附近照，「誰？哪裡？」

「那邊——」鄧珮瑜指向某個方向，但燈光照過去，只有樹木，沒有人影。

「妳眼花了，樹幹多有錯節，妳可能看錯了。」

是嗎？鄧珮瑜自己也再往前近照個明白，剛剛她真的瞧見是個人站在那兒，正看著他們！

一時間，青木原樹海的各式傳說湧上腦海，他們握著彼此的手更緊了些，沒幾分鐘等天全暗後，恐懼立刻籠罩。

「我怕……」鄧珮瑜偎進蘇尚文懷裡，這樹海裡黑的他們只能看見眼前路。

「不怕……不怕。」蘇尚文安慰著她，「我們等等找個適合的地方就休息好嗎？」

「嗯！」鄧珮瑜惶惶不安，貼著蘇尚文走又怕身後有什麼，手電筒也不敢往旁邊照，左右兩旁彷彿有什麼在窺探他們。

啪沙，飛鳥驚林，烏鴉叫聲嘎嘎，在漆黑的夜裡聽來更為嚇人。

奇怪，一路上都沒有任何鳥叫聲，這群烏鴉又是哪裡來的？

剎剎……附近好像一直都有足音，與他們平行，有時或在他們後方，鄧珮瑜都搞不清楚是自己神經敏感，還是這就是樹海的聲音？

終於，他們勉強找到一塊平地兒，讓他們可以坐下來休息，還能有一小塊地生火。

蘇尚文熟練的生火，為了怕燒著樹林，他們也備妥了足夠的水。火很小，因為他們的晚餐是泡麵，熱水瓶裡的水就足以沖開泡麵，火只是用來照明與取暖用的。

「乾杯。」蘇尚文打開了帶來的紅酒，倒進保溫瓶的蓋子裡，遞給鄧珮瑜。

「謝謝。」她笑著接過，與之互擊，兩個人一口氣先乾了一杯。

或許因為有火，或許因為不再行走，也或許因為喝了酒，鄧珮瑜就沒那麼害怕了。滑開手機，鄧珮瑜看著存在手機裡的黑白照，那是第一次產檢時的照片。

「看，還未成形呢，但是他的小心臟超有力的，撲通撲通的跳。」她抱著手機微笑，「我真想知道，他是男是女。」

蘇尚文難受的嘆氣，抱住了她，「對不起，我沒陪在妳身邊。」

「說什麼呢，你又不知道我懷孕了。」她輕拍他，「看，這個是我看網路上教學，亂勾了雙毛線小鞋給他。」

照片裡是一雙歪七扭八的小鞋子，看得出毛線勾的孔洞有大有小，鄧珮瑜本來就擅女紅，而粉嫩的綠色更是可愛。

「真漂亮！他一定很喜歡。」

「是啊，我總想著新生兒到底要勾多大，才能穿得剛好呢？」鄧珮瑜聳了聳肩，「還沒能練習第二雙，他就流掉了。」

鄧珮瑜淒楚一笑，這雙鞋後來就跟著屍體一起處理掉了。

「沒事，我們很快就能見到他了，對吧？」蘇尚文搓搓鄧珮瑜的雙臂，這是一種詭異的加油打氣。

只見她昂首，燦爛一笑，眼角的淚反射著火光。「對！就快見到了！」

不知道在青木原樹海待多久會死，有夠冷的，說不定晚上睡著後，他們就會凍死在這兒也不一定呢。

蘇尚文為她再倒了一杯酒，續乾了一杯，身體好像反而暖了起來。

「如果明天沒死，我們要繼續走到更深處喔！」鄧珮瑜賴在蘇尚文身上說著，「絕對不能讓人找到我們的遺體。」

「好。」他點了點頭，「否則他們連冥婚都不許的。」

「對，誰都不能再拆散我們。」鄧珮瑜肯定地點頭，湊上前，兩人互給了深情一吻。

在火光與紅酒的催化下，鄧珮瑜心中再也不恐懼，而是暖呼呼的。

「你有沒有後悔認識過我？」她突然問了心底話。

「沒有。」蘇尚文肯定地捧著她的臉。

「聽到我們有血緣關係時，你會不會覺得噁心？」她再問。

「沒有。」他回以微笑，「如果真心相愛，我不懂為什麼會覺得噁心？」

鄧珮瑜凝視著她最愛的男人，淚水撲簌簌的掉落，笑顏裡帶著淒涼，偎進了他的懷裡。

他們是真心相愛，但是全世界都反對，明明不關其他人的事，每個人卻極盡全力的想踐踏他們的幸福。

最後，只有找遺世獨立的地方，方能落實永生相伴。

「冷……」鄧珮瑜喃喃說著，想要溫暖的擁抱。

「來，圍巾。」蘇尚文將頸子上的圍巾取下，「這樣有比較溫暖嗎？」

「嗯……」喝了酒的她，懶洋洋的回著。

「珮瑜，我去小號！」蘇尚文有點擔心的左顧右盼，「妳好好待著，別亂跑喔！」

「哎……」她根本都已經不省人事了。躺在地上蜷著身子，不可能離開。

昏昏沉沉的，鄧珮瑜聽著火堆裡的劈啪聲，她其實是有點害怕的，但是只要跟尚文在一起，她就什麼都無所畏懼……她這一生，已經沒有什麼好再留戀的了！唯一的人生遠景都被摧毀，還有什麼值得再留戀？

咚——一顆石子自遠方砸上她的身體，鄧珮瑜幾乎是痛醒的！

「做什麼！」她倏地彈起身子，看著從身上滾落的石子，有稜有角還不小顆咧！不悅的張望，四周不僅一片昏黑，眼前的火堆也早已燃燒殆盡，只剩下餘燼星火在底下燃燒著。

「尚文？」她呼喚著，伸手摸索著手電筒，卻怎麼摸都摸不到，「蘇尚文！」朝旁邊摸去，石頭土地都冷如冰，她的旁邊已經很久沒有人了！開始感受到恐嚇的鄧珮瑜緊張的呼出氣，白煙散在空中，顯示著即便是盛夏，樹海裡的溫度有多寒冽。

「不要嚇我！蘇尚文——」她尖叫著，勉強起身的跪坐在地，努力的繼續摸索著手電筒。

她就放在旁邊的，背包還在，手電筒呢？尚文帶走了嗎？他們一人備了兩三隻，啊！咬牙探身出去，才終於在一點鐘方向，更遠的火堆邊摸到了……

鄧珮瑜僵直了身子，她摸到了一隻手。

她可以感受到對方冰冷的手指以及……手掌……眼睛逐漸能適應黑暗的她，就著手機的冷光，還是可以看見斜前方並沒有人的身體，不是蘇尚文。

只有手。

她發顫著緩緩抬起手，不敢去想像摸到了什麼，儘管腦海裡開始浮現所有關於樹海的傳聞：自殺的人在深處不得見，屍體被野獸分食叼走，他們抵達這裡是或許早有那麼一隻斷手，只是誰都沒有注意——啪！

那隻手倏地向上扣住了鄧珮瑜的手。

「哇呀——哇——」她嚇得尖叫，使勁抬首就是一甩！

清清楚楚的，在空中呈拋物線的，正是一隻斷掉的手肘！

鄧珮瑜抓起背包抱在胸前，人都已經半蹲而起，看著那隻手掉落的方向，渾身抖得厲害。

「蘇尚文！」張口還想要叫，卻聽見了奇異的聲響。

咿……歪……咿歪歪歪……她不敢站直身子，也不敢打開手機的手電筒，手機現在正面向下，光照著她的腳，但是聲音卻來自於頭頂。

沙……夜風時不時吹動樹木，枝葉亂顫，然後那聲音伴隨著風聲就更明顯了，聽起來像是繩子的拉扯聲。

在她的正上方。

鄧珮瑜戰戰兢兢的踏出第一步，再跟著第二步，頭也不敢回的直接往斷手落下的反方向衝——她能選擇的方向也不多啊！

衝到了一定的距離後，她才有勇氣回眸——有個人就吊死在她剛剛所在地頭頂的樹上！

「不——尚文！」她痛苦的彎身哭號！

吊在樹上的屍體他們怎麼可能沒看見，晚上睡覺時她就躺在下方，再怎樣都瞧得見，她怎麼想都覺得那勢必是剛吊死的屍體，也就只有尚文啊！

他怎麼可以這樣做？說好要相伴在樹海裡直到最後一刻的！

鄧珮瑜氣憤的哭著，終於打開手電筒照過去……不對！衣服不對，而且她皺起眉，看著毛衣與圍巾，那是個女人！

不是尚文？鄧珮瑜呆在原地，緊趕著用手電筒照著附近，那將熄的火堆，他們吃完的泡麵空碗、保溫瓶、蘇尚文的背包……就沒有其他了！

尚文人呢？她最後聽到的是他要去小號……然後呢？

望著保溫瓶與背包，她遲疑再三，保溫瓶裡都是熱水，還有另外一瓶水擱在地上，她背包裡只剩一瓶，不能失去水源；抬頭看著搖晃的屍體，儘管腦子裡有成山的疑惑，她還是必須去拿回水，以及尚文的東西。

咬緊牙關，她戰戰兢兢的走了回去，每一步都如鉛般沉重，看準位子，衝過去抱過水瓶，拎起背包——咚啦！

一顆頭倏地從上面掉下來，鄧珮瑜手才勾到背包上，眼尾就瞄見那頭顱朝她滾過來了！

緊接那具屍體也整具啪沙的落下！

「哇啊啊啊——」鄧珮瑜根本回身就是沒命狂奔，為什麼還在那時候斷掉啦！不管拿多少東西都不嫌重，腎上腺高漲的她根本都不覺得累，黑暗再也不成問題，樹根再多；石頭再大也不難走，總之就是一路沒命的跑！

「嘿！」

沒跑多久，左後方突然有人喊住她。

鄧珮瑜戛然止步，卻不敢回頭。

「喂！妳！這麼黑在樹海裡跑什麼啊！」聲音聽起來是女的，但是……在青木原樹海裡有這麼容易遇到人嗎？

「不要過來——」鄧珮瑜尖聲吼著，「請妳站住！」

對方立刻站住，停在她左後方大概兩公尺以外的地方，鄧珮瑜恐懼的回身，手電筒不敢直接照去，僅用餘光探測，一個短髮女人穿著風衣站在那兒，皺著眉看她。

妳是人嗎？她超想問，但覺得這樣問未免太沒禮貌。

「一直尖叫有夠吵的！」女人打量著她，「妳是在叫什麼？」

鄧珮瑜搖著頭，防備式的看著女人，「抱歉。」

「不會是看到屍體吧？妳在樹海耶，小姐！」女人笑了起來，「遲早妳也會變成裡面的其中一員。」

鄧珮瑜收了下顎，抱起身上的背包，向後退了一大步。

「不想死來這裡做什麼對吧？」

「妳也……是嗎？」她小小聲的問著。

「嗯，當然！」女人聳了聳肩。「哇，想死的人帶這麼多東西？」

鄧珮瑜低首看著手上的背包，「一個是我未婚夫的，他……不見了！我睡著後就沒看見他，會不會上完廁所就走不回來了？」

「噢，殉情嗎？」女人又笑了起來，這笑聲有點嘲諷，「你們也太大費周章了吧？」

鄧珮瑜冷冷別過了頭，「不關妳的事。」

外人、又是外人，總是外人在決定他們的感情他們的心情他們的人生！

「想死就丟掉所有的東西，跟我一樣，靜靜的等待死亡降臨。」女人昂起頭，「水還準備的這麼充裕，我看妳不想死。」

鄧珮瑜真的不想跟這個陌生女子說話，該怎麼死、想怎麼死，她不想再聽外人決定。

「再見。」敷衍的頷首，她旋過腳跟。

「不想死的話就不要進來，這裡是決心不夠的人專屬！」女人竟走了上來，「因為進入樹海後，妳就算後悔也來不及了！」

「站住！請妳不要靠近我！」鄧珮瑜緊張的喊著，她靠近做什麼，「妳顧好妳自己就可以了！」

女人不客氣的瞅著她，竟帶著怒容。

「我看到妳這種意志不堅的就討厭，過沒兩天就要在那邊呼天搶地，為什麼手機沒訊號，為什麼指南針無效，大喊著救命……」女人冷笑著，「然後在痛苦與歇斯底里中迎接死亡。」

鄧珮瑜喉頭緊窒，她很想說她不會這樣，但是……她眼尾瞪著女人，蹲下身開始動手把水瓶插進背包裡，掂了掂蘇尚文的背包……好輕！

打開來裡面只有一件外套跟餅乾，她也把他們塞進自己的背包，再把蘇尚文的背包也捲起來一道兒放入，重新整裝出發。

但是她現在、這一刻還不想死。

「妳管好妳自己就……」起身回頭，她想跟女人搭話，卻發現那女人消失了。

鄧珮瑜在瞬間愣住，認真的左右張望，那個女人真的就這樣不見了！

不對，這太詭異了，就像剛剛那個在他們正上方的屍體，明明一開始是不存在的……她要立刻離開這裡！

一正首，差點就撞上站在面前的女人！

「哇呀——」她再度嚇得尖叫，踉蹌向後！「妳幹什麼！」

女子雙手插在風衣口袋裡睨著她，滿臉的不屑。

「怕什麼？都要死的人怕這個怕那個，尖叫個不停！我看到妳就討厭——」女人欺向鄧珮瑜，「簡直就跟看到我一樣！」

看到……她？鄧珮瑜一陣錯愕，接著卻看見了那女人突然臉頰凹陷，極速遽瘦，身體在數秒內變成形銷骨立，十秒內從站著的模樣變成了一攤……白骨！

『哭著……後悔的……爛人！』

「哇啊——」這誰能不尖叫？鄧珮瑜轉身慌亂的看著該往那邊跑，最後她幾乎只剩一個方向了！

到底誰遇到鬼不會尖叫？照這樣看來，自從她醒來後，遇見的通通都有問題！全都是在這個樹海裡自殺的人們嗎？死都死了，都是自己選的，為什麼要找她！尚文是不是也遇到了什麼？或是被鬼擋牆弄到回不來了，到底是為什麼連要殉情都要有人拆散，她到底招誰惹誰——

藍色的螢光從黑暗中泛出，一個泛著藍光的人遠遠的從遠處走來……不，不是一個。

黑暗的樹海中開始冒出一個又一個的人，鄧珮瑜簡直不敢相信，她踉蹌的退後，差點絆了跤才想換方向，但一回頭又有別人——怎麼那些人到處都是，有男有女，每個人的雙眼都在黑暗中瞪著她！

這當然不是人啊！

「……不要過來！蘇尚文！尚文啊啊！」她尖喊著男友，「救命！誰來救我！」

手裡握的手機沒有訊號，樹海之所以是自殺聖地，就是因為叫天不應叫地不靈啊！

剎！不知何處衝來一個身影，在鄧珮瑜毫無防備之下從她身後掠過，同時一把抓住她的手，直接向前帶！

「不——」她完全沒有準備，就直接被拖著跑了，「誰——誰！」

跟前的人只是微微回頭看向她，「跟著我！」

冰冷的手緊緊握著她，黑暗中她看不清對方的樣貌，她曾想縮手卻只是被握得更緊，但是這樣的奔跑卻切實的把那些可怕的鬼影遠甩在後！

「為什麼他們要跟著我！」她嗚呼的哭著。

「不要回頭，只要一直跑就好了。」男人低語，「除非妳想成為他們的一份子，長眠在樹海。」

「我不想！我不要！」鄧珮瑜立即否認，「我要離開這裡，我要活下去！」

男人這時回頭，揚起了一抹笑。

他們在黑夜裡跑著，鄧珮瑜的腳磕碰了石子與樹根，指甲早已裂開，鞋內染滿鮮血，但這份疼痛也無法阻止她的步伐，她後來索性收起手機，她不需要照明，一點兒也不想看到突然出現在旁邊的可怕阿飄。

她只知道緊緊握著那男人的手，就能遠離那些湧來的亡者們。

「尚文呢？你知道我男朋友去哪了嗎？」她突然想起了愛人。

「人各有命。」男人良久，就撂下這麼一句。

人各有命。

鄧珮瑜痛苦的闔上雙眼，她希望尚文也能試著離開，或是找到她……她要存有希望，他們一定能在一起的！一定！

「咦？」腳底突然一滑，鄧珮瑜才意識到眼前已經沒有路，「哇……哇啊……」她整個人往下滾落，死命的緊握著男人的手也無濟於事，身子在樹間石邊撞得亂七八糟，直到撞擊到某棵樹才停下！

厚重的衣物被割破擦破，但至少沒在身上留下什麼傷痕，不過她的臉上盡是擦傷，頭也撞得意識不明，鄧珮瑜在昏過去前，看見的是黑暗的天空……那密布的樹啊，連一絲星光都看不到。

叭——刺耳的喇叭聲突然響起，鄧珮瑜跳開眼皮！

「啊！」她瞬間彈坐而起，僵硬的定在原地。

一輛接一輛的車聲呼嘯而過，陽光撒落，刺眼的光讓她拚命眨眼，她看見自己已染血的米色運動鞋，還有割破的褲子，以及掉落一地的雜物與水瓶，遠遠的還能看見背包摔在一公尺外的地上。

「噢……」恢復意識的就感到額頭的疼，伸手摸上額角，腫了一大塊，還有乾涸的血跡。

好痛！她感到全身都痛，撐著樹幹站起，循著車聲往前，沒走幾步就看見明亮寬敞的馬路，她拐著腳走出森林。

才走上馬路就不支的摔上了地，沒幾秒鐘後便有車子停下，焦急的探視她，鄧珮瑜不知道自己模樣有多可怕，不僅渾身狼狽，額頭臉上也全是血痕，日語在空中吱吱喳喳，她聽不懂，只能說她是台灣人，請送她到醫院去，她願意付錢。

日本人趕緊聯繫警方，她聽著日語，這才想起昨夜樹海裡，為什麼所有的語言她聽起來都是中文？

「還好嗎？我們報警了！」車主的妻子用英文說著。

「我男朋友……我男朋友在裡面……」她指著樹海裡，一陣鼻酸湧上，泣不成聲，「我的男友……尚文！」

掩面哭泣，卻發現她的左手仍舊死死握著拳。

昨夜，她就是那樣緊握著那個男人的手……對，有個男人救了她！是他帶她離開樹海的！

他也是在樹海裡喪生的人嗎？這麼好的人，怎麼會想要走上絕路？

鄧珮瑜緩緩的打開左手，掌心裡是一只歪七扭八的，綠色手工嬰兒毛線鞋。

※　※　※

殉情是什麼蠢貨才會想做的事？

蘇尚文偷瞄著沉睡的鄧珮瑜，紅酒裡放了足量的安眠藥，她應該一時醒不過來。

小心翼翼的從背包裡再抽出一個小側背包，揹上身後，搖了搖她：「我去小號喔！妳別亂跑。」

「嗯……」鄧珮瑜懶懶的回著，藥效已然發作。

他起身，回頭朝著來時路走。

他不是因為他們有血緣關係而捨棄她，對他而言，與鄧珮瑜的愛情並非因為她是姐姐，她就是一個普通女人，一個與他靈魂契合的女人，他從不覺得這犯到了誰。

但是她的想法太浪漫天真，人活在世上還得承受社會壓力，從發現他們的關係開始，周遭的阻礙與視線如此之多，他並不希望自己的愛情、未來，甚至是孩子的未來，是在這種注目與指指點點下過。

喊停並沒有錯，別說她家人有多超過，根本像變態蹤狂一樣追蹤他的新住所、新工作，拚命散播他們近親相姦的消息，有這種親屬以後還能怎麼過日子？

孩子真的生下來的話，未來孩子還沒被逼瘋，他們也被逼瘋了。

但珮瑜個性太強，他心知肚明，說再多也沒有用，迂迴婉轉的套過話，她唯一想到的就是殉情。

一起死，除了可以永遠在一起外，其實她心底希望的是讓家人後悔。

對不起，他是理智派的，他並不想陪她做那種蠢事；而且與她分手後，他已經有了新的女朋友，或許與她沒那麼契合，但至少是沒有壓力的交往，未來也絕對清晰很多。

人總是要試著往前走，而不是尋死覓活，或是想讓誰誰誰後悔。

基本上他覺得，這種做法會後悔的只有自己吧？

樹海是他建議來的，所以自然做了萬全準備，在鄧珮瑜沒注意到的時候，他一路都做了記號；珮瑜突然提起的闔眼轉圈讓他差點措手不及，幸好早在這之前他就做了記號，趁著她轉圈時再多做一個，以保萬全。

確定遠離了鄧珮瑜，他才打開手電筒，尋找著設下的記號……他用簽字筆在樹幹上畫上記號，比較麻煩的是不能讓她發現，所以遠距離才一個，也不能畫得太大，其實有點難找。

手電筒在黑暗中照明搜尋，這一段路過了就好，因為在之前他還有繫繩做記號，大不了另找個地方休息一晚，白天清楚些再走出去也行。

「在哪裡啊……唉。」他一棵棵樹照著，他畫的圖在哪棵樹上呢？

他記得這邊有畫圖的，「啊！」燈光終於照到了畫著X的樹，然後在這棵樹的正對面，就會有個O！

一轉頭，一個人影倏地奔過！

「咦！」蘇尚文嚇顫了身子，趕緊拿手電筒追著那影子跑，卻沒看見人影，「誰？珮瑜嗎？」

他才不可能看錯！剛剛轉過去時，真的有個人從他面前跑過去！

嚥了口口水，突然覺得手心冒汗，戰戰兢兢的重新照向對面的樹，果然有他畫上的O字型，只是……他皺著眉看向那棵樹，拉開距離看過去，那樹上的紋路好像是一張人的臉。

皺眉閉眼，張大的嘴巴一個O字，栩栩如生的彷彿在慘叫似的。

「嗚……」樹海深處，隱隱約約的傳來哭聲。

蘇尚文不安的頻頻回首，腦子裡滿滿都是樹海的靈異傳說，揪緊側背包的帶子，加緊腳步的順著記號的方向，繼續在黑夜中穿過樹林。

辛苦的找著一個接一個的記號，不知道為什麼氣溫越來越低，現在不是夏天嗎？他呼出的白煙越來越多，且凍得不像話。這次認真的尋找地上的線，他留下的線索應該就在這附近了！

這裡！

終於在一個樹根上找到了線，他喜出望外的順著線的方向繼續往前行，他的線有時是一段一段的，但會清楚的指引方向，途中如果是鄧珮瑜走前方時，他便有機會放較長的線段。

這一段就是。

他拉著線，開始圈在自己的手掌上，下午進入樹海久了之後，珮瑜就不再害怕了，總是習慣走前面的她，很快就與他易位，如此他就能順利的把線綁在某處，再沿路放線的做著記號。

現在，只要捲著線直到起點，那兒另有記號，也有其他線段，而且到了起點後，離出口也就剩一小時路了。

捲著捲著，蘇尚文老覺得有視線，草木皆兵的不時張望，說實在的這漆黑一片能見度有限，手電筒只專注的照著凹凸不平的地面，他並不想看見其他東西；還刻意喃喃自語，說著不相干的事，就是不想心生恐懼。

右手掌上的線越捲越厚，他開始有點悔不該捲在手掌上了，等等怎麼取下來？這麼想著索性停下，用嘴咬著手電筒，把掌心那團線給拆下來……剎！

線的另一頭突然被用力一扯，拉了緊！

咦！蘇尚文嚇傻了，他僵硬的看著掌心上線團的另一端，本該彎在地的線此時卻拉得筆直！

他沒有用力……他現在正值要把線圈拔下的動作，不可能使勁……剎！繩子那頭又是一扯，那分明是有人在另一頭扯著繩子！

樹海裡也有人？而且發現他的繩子？世界上有這種巧合嗎！

剎剎，繩子又被連續拉了兩下，幾乎呈現了急躁與不耐煩！

『誰在拉我的頭髮？』

聲音不遠不近，就在他的正前方。

蘇尚文呆掉了，他看著拔出掌心的那團線……那哪是線啊，那是一整團烏黑濃密的——長髮！

『是誰在拉我的頭髮！』粗嘎的女人聲音忿怒咆哮著，像是逼近至面前！

蘇尚文抬頭往前看的瞬間，嘴裡咬著的手電筒也跟著往前照，他只看見手上的頭髮又黑又直，然後從拉直漸漸變彎，好像有什麼東西……過、來、了！

「哇啊啊——哇——」

蘇尚文甩掉「線團」，魂飛魄散的回身狂奔，不忘關掉手上的手電筒不讓自己成為明顯目標，只知道沒命的跑、跑！

他放的明明是繩子，位子也對，到底為什麼會是頭髮？而且一開始他拿到時明明是毛線啊！

他是不是跑到什麼不該進入的地方了？他是不是遇到鬼擋牆了？到底為——啪，他的腳踢到了一個膝蓋高的石塊，整個人倏地往前仆倒，然後一路狼狽滾落！

咚……咚、碰、砰！

「啊啊啊——」伴隨著一路碰撞與劇痛，他只有一路嚎叫，石子樹根刮得他遍體鱗傷，一直到凹地才終於停下！

蘇尚文痛苦的癱在地上，他幾乎動不了了，好痛！

「馬的……唔！」咬牙坐起來，就著鄰近的樹幹靠著，上氣不接下氣。

胸口摔得也疼，他吃力的先確定斜背包還在……但是袋口開了，裡面的東西全掉出來，手電筒也不知道飛到哪裡去，幸好口袋裡的手機還在。

好痛……痛死了！他望著自己不正常扭曲的左腿，他的腳怕是骨折了。

「可惡！可惡——」他氣急敗壞的怒吼著，劇痛暫時讓他恐懼盡消。

打開手機，玻璃碎裂，但好歹還能用，但樹海裡收不到訊號，他要求救也沒辦法……正在喘著，冷光打開的手機，卻讓他留意到對面有人。

他跌在一個平坦的地方，沒有樹根沒有石片，藉著光線他可以看見滿地的東西，有太多不屬於他：書本、垃圾，可樂罐跟早就發霉的泡麵碗，以及不到一公尺處，對面那個坐著的人。

套著黑色連帽外套，盤坐在地上的人低垂著頭，蘇尚文戰戰兢兢的拿著冷光小心翼翼朝對面照去，對方擱在膝上的手已成白骨！

「哇啊……哇啊啊——」他魂不附體的驚叫著，卻退無可退，骨折的他根本動不了！

那是個慌張的看著四周，試圖爬行，但一動腿就疼得要命，他全身不住的顫

他現在人在哪裡？剛剛是怎麼跑的？摔下來後方向感盡失，他已經不知道自己在哪裡了！

打開手機的手電筒試圖分辨方向，卻赫見黑衣男子背後的那棵大樹，有著像是石子刻的，怵目驚心的四個大字：

我、不、想、死。

「啊啊！救命——救命啊！」蘇尚文崩潰的大吼起來，「救我，珮瑜！救命啊啊啊啊——」

後記

這週博客來公布的 2019 年度暢銷百大，今年僥倖入榜 Top2。

會說僥倖是有原因的，因為今年真的有點倦怠，對於在寫的東西感到疲乏，重點是心底另有其他想寫的東西躍躍欲試，這樣的衝突導致了障礙。

算算我入行也二十年了，有個倦怠期也是正常的？

我本來就是個很沒專注力的人，連吃喝玩樂都不專一，新奇的東西就想去試想學想碰，能在一個行業撐二十年我自己都佩服自己；所以今年我努力的玩、努力的玩烘焙、做許多想做的事情，讓自己沒有壓力的度過每一天。

對於什麼年度暢銷榜自然不抱希望，到底誰耍廢還會期待的？

結果，我的守護天使們超有力，依舊把我送進了榜，還是第二。

你們這群守護天使，真的覺得沒什麼好怕的了！（笑）

出的書一共有二十[illegible]很多人說著終於等到《異遊鬼簿》系列重出了，是啊，我等著要重

[illegible]出也終於來到了《異遊鬼簿》第一部。

今年因為怠惰，所以春天出版很積極的安排重新出版的書，這套《異遊鬼簿》第

一部的重新出版銷量竟也不差，《乾嬰屍》甚至可以拿到年度懸疑百大的第四十六名，這真的很令人驚訝，因為這已經是重出第三遍的書了！

《青墓原》是我很愛的一本書，因為其書寫了當年我很憧憬的樹海，而我在 2017 年親自去過了，終於能寫下實景實感；其二，完整交代了女主角的故事，而這個故事也是我非常喜歡的。

為什麼感情佚失？前世又發生了什麼事？我真的很愛安的前世，為了不爆雷我不多說。

由於已經去過樹海，親自在裡面走過一遍，因此新的番外便書寫下真實的情景，背景故事也別覺得誇張或扯，那也是取自真實事件。

真實事件中亦是場悲劇，有時沒有犯錯的兩人，卻要承擔他人的錯誤，真的很不公平。

但，這就是人生吧！

最後，衷心感謝購買這本書的您，購書是對作者最直接有效的支持，由於您的購買，才能讓作者得以繼續寫下去，謝謝您。

新年快樂！

笭菁

異遊鬼簿

青墓原

國家圖書館出版品預行編目資料

異遊鬼簿：青墓原 / 等菁作 . --初版 . --臺北市：
春天出版國際, 2020.01
面；　公分
ISBN 978-957-741-202-7 (平裝)

863.57　　108020301

ISBN 978-957-741-202-7
Printed in Taiwan

作者	等菁
封面繪圖	Cash
美術設計	三石設計
總編輯	莊宜勳
主編	鍾靈
編輯	黃郁潔

出版者	春天出版國際文化有限公司
地址	台北市信義區信義路四段458號3樓
電話	02-7718-0898
傳真	02-7718-2388
E-mail	frank.spring@msa.hinet.net
網址	http://www.bookspring.com.tw
部落格	http://blog.pixnet.net/bookspring
郵政帳號	19705538
戶名	春天出版國際文化有限公司
法律顧問	蕭顯忠律師事務所
出版日期	二〇二〇年一月初版
定價	229元

總經銷	楨德圖書事業有限公司
地址	新北市新店區寶興路45巷6弄6號5樓
電話	02-8919-3186
傳真	02-8914-5524